Sophie Grossalber

Blood and Guilt

Geschichten aus Dumornay

Dark Fantasy

*Bibliografische Information der
Deutschen Nationalbibliothek:
Die Deutsche Nationalbibliothek verzeichnet diese Publikation
in der Deutschen Nationalbibliografie; detaillierte
bibliografische Daten sind im Internet über
http://dnb.dnb.de abrufbar.*

*© 2019 Sophie Grossalber
2. Auflage © 2020*

Illustration: *Sophie Grossalber und Rachel Dohain-Lesueur,
@rale-art auf instagram*
Lektorat/Korrektorat: *Benjamin Ressel,
www.ressellektorat.blogspot.com*
Satz: *Sophie Grossalber*
Cover: *Lorena Viciconte, www.lion-tales.com*

Herstellung und Verlag: *BoD – Books on Demand,
Norderstedt*

ISBN: *978-3-7481-4072-6*

Sophie Grossalber

Blood & Guilt

Geschichten aus Dumornay

Dark Fantasy

Inhaltsnotiz:
Als Werk des Dark Fantasy Genres enthält *Blood and Guilt* folgende Inhalte, die für einige Leser:innen potenziell triggernd oder unangenehm zu lesen sein könnten:

Der Teufel von New Orleans:
- Blut (erwähnt)
- Drogenkonsum (erwähnt)
- Folter (erwähnt)
- Sex (erwähnt)
- Sklaverei (historisch, erwähnt)

Sullivans Gesetz:
- Blut (grafische Darstellung)
- Gewalt (Fantasy, grafische Darstellung)
- Hetzjagd
- Mord (grafische Darstellung)
- Waffengewalt (Schusswaffen, grafische Darstellung)

Blutspuren im Schnee:
- Blut (grafische Darstellung)
- Gewalt (Fantasy, grafische Darstellung)
- Tod (grafische Darstellung)
- Waffengewalt (Schwert, grafische Darstellung)

Inhaltsverzeichnis

1. Der Teufel von New Orleans 11
2. Sullivans Gesetz 37
3. Blutspuren im Schnee 65
4. Bonusinhalte 91

Für Karo, Esa und Lorena.
Danke, dass ihr mir rund um die Uhr beisteht. Selbst
wenn es nur darum geht, um drei Uhr in der Früh ein
Plotloch zu stopfen.

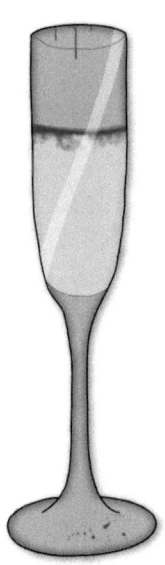

I.
DER TEUFEL VON NEW ORLEANS

Das Sonnenlicht, das durch die Fensterfront fiel, prickelte auf seiner Haut und ließ die fliehende Hitze des Tages erahnen. Damien Moreaus Blick landete auf der halbnackten Frau, die neben ihm den Kopf in den Kissen vergraben hatte. Der Oberarm, der in seine Richtung gestreckt war, und die dazu gehörige Schulter zeigten ihm die Eskapaden der vergangenen Stunden. Marguerite, eine seiner offiziellen Spenderinnen und besagte Dame, rührte sich kaum noch. Behutsam, um sie nicht aufzuwecken – obwohl sie in diesem Zustand vermutlich nicht einmal ein Meteoriteneinschlag hätte wecken können –, hob er ihren Arm.

Zwei Finger an die blasse zarte Haut der Innenseite ihres Handgelenks gedrückt wartete er ab und zählte. Ihr Puls schlug noch, zögerlich, aber immerhin hatte er sie nicht umgebracht.

»Wäre auch zu schade gewesen«, murmelte Damien. Auch wenn er nicht viel von Menschen hielt, Marguerite war eine der wenigen, die er zu schätzen gelernt hatte. Und das auch nur, weil ihr Blut exquisit schmeckte. Was wiederum bedeutete, dass er sie nicht töten konnte, sonst wäre seine liebste Nahrungsquelle von der Speisekarte gestrichen. Ganz abgesehen von den tausenden an Fragen und dem elenden Papierkram, Dinge, die mit dem Tod seiner Spenderin einhergingen. Marguerite war ein Glücksgriff gewesen. Die Spender, die er sonst über das Ministerium zugeteilt bekam, gehörten eher zum unteren Durchschnitt. Kein Wunder also, dass er sich bemühte, Marguerite am Leben zu erhalten, oder sich manches Mal an seiner eigenen Ware vergriff.

Das Klingeln seines Mobiltelefons riss ihn aus seinen Träumereien. Er blähte die Nasenflügel, ließ den Arm der Frau fallen und schnappte sich sein Telefon.

»Wer stört?«, grummelte er, als er den Anruf annahm. Ein Seufzer aus Marguerites Richtung ließ ihn eine Augenbraue hochziehen. Er konnte sich ausmalen, was die junge Dame neben ihm da träumte, wollte diesen Umstand aber um jeden Preis vermeiden.Es gab nichts, das ihn mehr nervte und mehr erniedrigte als die Tatsache, dass er ein Blutsband mit seiner Spenderin teilen musste. Gut, beim Sex hatte die mentale und emotionale Verbindung zwischen Vampir und Mensch durchaus seine Vorzüge, aber den Rest der Zeit lenkte es ihn von seinen Geschäften ab und brachte ihn beinahe um den Verstand. Da gab es nur ein Problem: Die einzige legale Alternative waren Blutkonserven aus den Spende-Zentren. Die ließen ihn zwar nicht mit einer Verbindung zurück, durch die er die Gefühle der Spender fast wie seine eigenen spürte und in die Träume von Menschen eindringen konnte, allerdings schmeckten sie absolut grauenhaft. Kein Mensch würde eine emotionale Bindung zu einem Glas Wasser aufbauen.

»Malone hier. Boss, wir haben ein Problem. Und das solltest du dir ansehen«, antwortete eine Männerstimme am anderen Ende der Leitung. Damien verdrehte die Augen, stieg geistesabwesend aus dem Bett und stellte sich an die Fensterfront, um die Autos und Menschen auf der Straße unter ihm zu beobachten. Sein Blick schweifte zu den ärmlicheren Häusern am anderen Ufer und er schauderte. Algiers war definitiv die bessere Wahl gewesen.

»Das letzte Mal, als du mir sagtest, es gäbe ein Problem, hast du nur unnötig meine Zeit verschwendet. Also bitte, sei gefälligst konkret und erkläre es mir am Telefon, bevor ich mich auf dem Weg mache!« Er war laut geworden, stützte sich mit der geballten Faust am Fenster ab.

Er spürte den Druck seiner Fangzähne gegen den Rest seines Kiefers, als sie hervortraten. Seine sonst dunklen Augen glühten ihm golden und mit schlitzartigen Pupillen aus der Reflexion der Fensterscheibe entgegen. Vom Bett vernahm er ein schlaftrunkenes »Hm? «, bevor Marguerite wieder in ihre Traumwelt abglitt.

»Wenn ich herausfinde, dass ihr wieder zu unfähig wart, ein dummes Menschlein unter Kontrolle zu bringen, zieh ich euch bei lebendigem Leibe die Haut ab und mache daraus Schuhe. *M'as-tu compris?*«, zischte Damien ins Telefon. Das andere Ende der Leitung war still geworden und er entspannte sich etwas in dem Bewusstsein, dass seine Mitarbeiter immer noch Angst vor ihm hatten. Die meisten kannten ihn jetzt schon seit mindestens einem Jahrhundert. Und auch wenn sie ihn weiter fürchteten, musste er ihnen immer wieder ins Gedächtnis rufen, dass er Unfähigkeit nur sehr selten duldete.

»Verstanden, Boss«, kam es von Malone. Es wunderte Damien immer wieder, wie der stämmige große Ire sich jedes Mal wie ein kleines Häufchen Elend anhören konnte, wenn er seinen Boss verärgerte – was leider häufiger vorkam. Aber ehemalige Boxer, die bereit dazu waren, für einen Drogenboss und Menschenhändler zu arbeiten, waren eine Rarität. Abgesehen davon würde

Malones Gesicht sich niemals für ein gutes Paar Schuhe eignen.

»Nun?«, hakte Damien nach. Er versuchte angestrengt, sich den Frust nicht anmerken zu lassen. Die Polizei von New Orleans hatte in den letzten Tagen wieder vermehrt herumgeschnüffelt, und sie mussten vorsichtig sein. Dennoch war gestern eine Lieferung an neuen Menschen eingetroffen. Ärmliche Leute, die ihrem elenden Leben in Mittel- und Südamerika entfliehen wollten. Und die deshalb so naiv waren zu glauben, sie würden durch die Moreau Foundation ein neues Leben in den Staaten bekommen. Alles natürlich nur eine Farce, um an Leute zu kommen. Aber das hielt die Polizei nicht davon ab, immer wieder Razzien in seinen Nachtclubs durchzuführen. Immerhin ließen ihn die Jäger der Stadt in Ruhe – gegen einen Preis.

»Nun ja, wir... Sir, bitte, wir können nichts dafür. Wenn wer Schuld hat, dann die Idioten in Mexiko«, stammelte Malone und versuchte, das Unausweichliche weiter hinauszuzögern. Allerdings half das nicht Damiens schwindender Geduld.

Im Gegenteil, der verzweifelte Versuch des Iren, seinen Kopf noch irgendwie aus der Schlinge zu ziehen, bewirkte noch eher, dass Damien endgültig der Geduldsfaden riss. Die Knöchel seiner zur Faust geballten Hand traten weiß durch die Haut hervor, als er seine Armmuskeln weiter anspannte.

»Malone, was ist passiert?«, knurrte er. Inzwischen gab er sich keine Mühe mehr, seinen Gemütszustand zu verstecken. Er würde dem Iren die Ohren langziehen, sobald er ihn in die Finger bekam, und Damien wollte, dass Malone sich dessen bewusst war.

Der Mann am anderen Ende der Leitung schwieg für einen kurzen Moment, schien nach den richtigen Worten zu suchen, um seinen Vorgesetzten nicht noch weiter zur Weißglut zu treiben.

»Wir haben eine Jägerin unter der Ware gefunden, die gestern angekommen ist«, murmelte Malone schließlich kleinlaut.

»Ihr habt WAS?!«, brüllte Damien ins Telefon. Jedes Bestreben, seine Spenderin nicht aufzuwecken und seine Bediensteten nicht zu alarmieren, war vergessen, begraben unter der unbändigen Wut über die Unfähigkeit seiner Angestellten. Die Jäger von New Orleans mochten seine Geschäfte vielleicht dulden, da sie ihnen auch nutzten, aber das galt nicht für die Jäger anderer Länder. Wenn auch nur einer von ihnen erfuhr, was er hier trieb, würde alles, was er sich über die Jahrhunderte in dieser Stadt aufgebaut hatte, um ihn herum zusammenbrechen und ihn unter den Trümmern begraben.

»Fasst sie nicht an, ich bin in einer halben Stunde am Lagerhaus. Ich hoffe, du weißt, dass das auch deine Schuld ist.« Damien beendete das Telefonat und hätte beinahe das Smartphone in seiner Hand zerquetscht, wäre da nicht Marguerite gewesen, die inzwischen aufgestanden und an ihn herangetreten war. Ihre Hände fuhren sanft über seine angespannten Schultern.

»Was ist los, *mon cher*?«, fragte sie. Ihre Stimme war noch rau vom Schlaf und nicht mehr als ein leises Flüstern. Er wusste, dass sie seine Wut spürte und ihn nur zu besänftigen versuchte. Aber er wollte nicht besänftigt werden, brauchte niemanden, der ihn wieder zur Ruhe brachte. Und er hatte auch keine Zeit dafür. Er musste sich anziehen, sich auf den Weg zum Lagerhaus machen und hoffen, dass seinen Leuten nur ein Grünschnabel ins Netz gegangen war. Ansonsten waren sie geliefert. Sein Herz machte einen Sprung bei dem Gedanken daran, was passieren konnte.

»Nichts, was dich etwas angehen würde. Geh wieder schlafen.« Er warf der nackten Frau einen letzten Blick zu und schritt dann zu seinem Kleiderschrank. Marguerite ging schmollend zurück ins Bett. Irgendjemand hatte einmal behauptet, der Tag, an dem Damien Moreau mal in etwas anderem als einem maßgeschneiderten Anzug vor die Tür trat, war der Tag, an dem die Hölle zufror. Wer auch immer das gesagt hatte, Damien musste ihm Recht geben. Keine zehntausend Jäger würden ihn jemals dazu bringen, seine geliebten teuren Outfits gegen Jeans und T-Shirt zu tauschen. Heute allerdings blieb keine Zeit, um eine gut durchdachte Auswahl zu treffen. Er griff nach Unterwäsche, Hemd, Socken und einer grauen

Kombination aus Anzughose, Jackett und Weste. Die Krawatte wurde ein weinrotes Exemplar, bestickt mit dunkelroten Rauten.

Nachdem er sich angezogen und noch einmal den richtigen Sitz seiner Krawatte überprüft hatte, verließ Damien sein Schlafzimmer, ohne einen weiteren Blick in Marguerites Richtung zu werfen. Es wäre nur eine Zeitverschwendung gewesen und alles, was er ihr hätte sagen können, wusste sie bereits. Vor seiner Schlafzimmertür stieß er beinahe mit einem seiner Bediensteten zusammen. Der ältere Herr entschuldigte sich mit einer hastig gemurmelten Standardfloskel. Damien hätte ihm nicht weiter Beachtung geschenkt, aber er musste ihm schließlich die weiteren Anweisungen für Marguerite mitgeben – die er ihr auch selbst hätte vortragen können.

»Ich will, dass Marguerite wieder in ihrem eigenen Bett schläft, wenn ich zurückkomme. Alles andere ist bereits geregelt. Hilf ihr, wenn sie irgendwelche Probleme hat«, ordnete er im Vorbeigehen an.

»Sir, wo gehen Sie hin?« rief ihm der Diener hinterher. Damien winkte ab, war schon fast am oberen Treppenabsatz angelangt, als er sich doch noch einmal umdrehte.

»Ich habe Geschäften nachzugehen, Rudolpho. Ich weiß noch nicht, wann ich zurück bin. Sobald Marguerite gegangen ist, kannst du dir für den Rest der

Nacht freinehmen. Ich werde dich vermutlich heute nicht mehr brauchen.«

Rudolphos Augen wurden groß, als er realisierte, was das bedeutete. Den Rest des Abends und die Nacht frei zu haben war in Damiens Haushalt ein Geschenk, das schon fast einem Jackpot gleichkam. Er verlangte dieselbe Disziplin von seinen Hausangestellten wie auch von seinen sonstigen Mitarbeitern. Bei ihm selbst war das wieder eine andere Sache. Nachdem von Rudolpho keine großartige Antwort außer ein gestammeltes »Danke« zu erwarten war, drehte Damien sich auf dem Absatz um und lief die Treppe im Laufschritt hinunter. Er war froh, dass sein Penthouse über zwei Stockwerke ging. Einige Gläser der letzten Party wurden von Hausmädchen aufgeräumt, als er herunterkam. Seine Zufriedenheit über die Ergebnisse der letzten Nacht wurde von Malones Anruf überschattet. Nicht jeder war mit der beinahe kompletten Monopolstellung der Moreaus einverstanden, aber abgesehen von der Polizei traute sich niemand sonst, Damien das geradeheraus ins Gesicht zu sagen.

Im Lift nach unten in die Parkgarage warf er einen leicht nervösen Blick auf sein Handy. Wenn es weitere Probleme gäbe, hatte Malone die Anweisung, sich zu melden. Damien ertappte sich dabei, wie er inständig hoffte, dass alles nach Plan lief und Malone sich deshalb nicht meldete. Bei dem Iren konnte er sich nie wirklich sicher sein, ob dieser die Anweisungen auch tatsächlich verstanden hatte oder sie nach seiner eigenen Auslegung befolgte.

Damiens Wagen wartete bereits auf ihn, als sich die Lifttüren öffneten. Er gab seinem Fahrer die Adresse des Lagerhauses, das sich etwas außerhalb von New Orleans befand. Während sie die Garage verließen, versuchte er ein weiteres Mal, Malone zu erreichen, mit wenig Erfolg. Also musste soweit alles in Ordnung sein. Kein Grund, Panik zu schieben oder jemand anderen anzurufen. Damien wollte die Anführerin von New Orleans Jägertruppe erst kontaktieren, wenn er wusste, womit er es tatsächlich zu tun hatte. Auch wenn Josephine ihm dann vorwerfen würde, er hätte sich gefälligst früher bei ihr melden sollen. Solange sie die mexikanischen Behörden nicht informierte, dass eine der Jägerinnen in New Orleans gefunden wurde, musste Damien auch keine härteren Maßnahmen einleiten. Er konnte Josephine bis auf den Tod nicht ausstehen. Aber ein anderer Jäger an der Spitze würde ihm mit Sicherheit mehr Probleme bereiten. Also setzte er sich lieber mit der störrischen, älteren Dame auseinander als einem Jungspund, der womöglich noch verrückte Ideen bekam.

Er setzte relativ selten einen Fuß in das etwas heruntergekommene Lagerhaus im Hafen westlich von New Orleans und nur etwas außerhalb von Bridge City. Nur wenn eine Angelegenheit es wirklich erforderte, begab Damien sich dorthin. Dieses Mal war es mehr als nur nötig. Es war nicht so, dass er seinen Mitarbeitern nicht vertraute, aber er wollte sich lieber selbst vergewissern, dass es sich bei der vermeintlichen Jägerin auch wirklich um eine handelte. Seine Sorgen, dass seine Männer von der Unbekannten überrumpelt werden konnten, schienen sich nicht zu bewahrheiten, als sein Wagen vor dem Lagerhaus hielt und die zwei Türsteher ihn begrüßten, sobald er aus dem Auto gestiegen war. Damien nickte ihnen kurz zu und wies sie dann an, ihn zu Malone zu führen.

Das Innere des Lagerhauses hatte sich tagsüber so stark aufgeheizt, dass es selbst jetzt in den Abendstunden noch unangenehm warm im Gebäude war. Zwar waren die Fenster auf dem Dach und einige Nebentüren geöffnet worden, aber die stickige Luft ließ sich Zeit, um in die Nacht zu verschwinden. Er konnte sich denken, wie viel Malone sich wieder über die unmöglichen Arbeitsbedingungen beschweren würde. Also nahm Damien sich vor, demnächst nach einer Übergangsunterkunft für die Menschen zu suchen, die seine Leute immer wieder anschleppten, bevor sie Papiere und Jobs in der Stadt bekamen. Die meisten wurden Kellner oder Tänzer oder häufiger illegale Spender für die vampirischen Kunden in seinen Nachtclubs. Vampire, die Knochenstaub konsumierten, zeigten zumeist dieselbe Reaktion wie Menschen, die Gras rauchten: Sie bekamen unbändigen Hunger. Und was für ein Clubbetreiber wäre er gewesen, wenn er nicht dafür sorgte, dass seine Gäste nicht hungrig nach Hause gingen? Dasselbe Argument hatte er bereits einmal Josephine an den Kopf geworfen, als sie noch am Anfang ihrer Zusammenarbeit gestanden hatten und sie ihre Bedenken bezüglich seines Nebengeschäfts mit Menschen geäußert hatte. Danach hatte sie das Thema nie wieder zur Sprache gebracht und Damien war ihr dankbar dafür.

Die neuesten Menschen beobachteten ihn interessiert und misstrauisch, während er mit einem der zwei Türsteher im Schlepptau auf das kleine Büro zuschritt, in dem sich Malone mit der Jägerin befand. Damien verschwendete keine Zeit damit, vorher anzuklopfen, sondern öffnete einfach die Tür und trat in den kleinen Raum. Die Tür ließ er hinter sich wieder ins Schloss fallen, und sperrte damit den bulligen Türsteher aus. Malone und zwei andere Männer drehten sich zu ihm um. Sie standen in einem lockeren Halbkreis um ein zerschlissenes Sofa, auf dem ein junges Mädchen saß. Die Handschellen an ihren Armen klirrten, als sie sich bewegte und ebenfalls zu ihm aufsah. Das sollte die gefährliche Jägerin sein, wegen der seine Angestellten so einen Aufstand machten? Sie konnte nicht viel älter als 17 oder 18 sein, in Damiens Augen nicht viel mehr als ein Kind. Er würde nie verstehen, warum das Ministerium und der Jägerbund Kinder bereits auf Missionen schickten.

Er trat auf das Mädchen zu, kniete sich vor es hin und streckte die Hand nach seinem Hemdkragen aus. Sie zuckte instinktiv zurück. Ihre Haut hatte einen bronzefarbenen Ton, dunkle Blutergüsse zeichneten sich auf ihren fast komplett nackten Armen und auf einer ihrer Wangen ab. Die Lippen des Mädchens waren aufgesprungen und geschwollen.

»Sie sieht aus, als wäre sie gefoltert worden. Was habt ihr mit ihr angestellt?«, fragte Damien in trügerisch ruhigem Ton. Selbst der Teufel von New Orleans hatte einen moralischen Kodex, auch wenn dieser sich nur auf Kinder beschränkte. Er konnte es nicht ausstehen, wenn jemand Hand an ein Kind legte, nur um es daran zu erinnern, welchen Platz es in der Gesellschaft einnahm. Wenn es etwas gab, das Damien aus seiner Vergangenheit gelernt hatte, dann war es die unleugbare Tatsache, dass die Misshandlung von Kindern nichts brachte außer Schmerz und Traumata für die Opfer.

»Wir haben sie so behandelt, wie du jede andere Jägerin und jeden anderen Jäger behandeln würdest, Boss«, erwiderte Malone und zuckte mit den Achseln. Damiens Nasenflügel bebten und sein Herz pochte in seiner Brust, als er aufsprang, Malone an der Kehle fasste und mit dem Rücken gegen die Wand drückte.

»Sie mag vielleicht eine Jägerin sein, aber sie ist immer noch ein Kind. Und ihr legt niemals, niemals Hand an ein Kind, habt ihr mich verstanden?«, fuhr er Malone an. Malone nickte zögerlich. Ein kurzer Blick auf die

23

anderen beiden Männer zeigte ihm, dass sie ihn ebenfalls verstanden hatten. Damien schnaubte, ließ von Malone ab. Für eine Bestrafung wegen der Folter eines Kindes wäre später noch genug Zeit. Und er wusste auch schon genau, was er mit den drei Vampiren hinter sich anstellen würde. Um eine ruhige Fassade bemüht wandte er sich wieder dem Mädchen zu.

»Wie ist dein Name, *ma chérie*?«, wollte Damien von der Jägerin vor ihm wissen. Diese blickte ihn ängstlich und verständnislos aus braunen Augen an.

»Sie spricht nur Spanisch, Sir.« Damien warf Malone einen kurzen entnervten Blick zu. Aber der Ire hatte immerhin seine Vermutung bestätigt. Also versuchte er es noch einmal, diesmal auf Spanisch: »*Cómo te llamas, chica?*«

»Flor. Flor Lozano«, antwortete sie mit zittriger Stimme. Sie bekam die Worte beinahe nicht über die Lippen, so wie sie zitterte. Damien erinnerte sich, von den Lozanos gehört zu haben. Sie waren eine eher kleine, relativ unbedeutende Jägerfamilie aus der Mitte Mexikos und noch dazu keine Reinblüter. Er hob vorsichtig die Hand, zog an ihrem Hemdkragen und drehte ihren Rücken zu sich, um das Tattoo auf ihrer linken Schulter zu entblößen. Ein Sichelmond und eine Sonne, eng verschlungen in einem filigranen Design. Sie stammte also von Jägern ab und hatte sich offensichtlich auch dafür entschieden, wirklich und wahrhaftig eine zu werden. Das Tattoo bekamen nur die Jäger, die auch die volle Ausbildung antraten.

»Wie alt bist du, Flor? *Cuántos años tienes?*« hakte er weiter nach, obwohl sein Herz sich kurz schmerzhaft zusammenzog. Wollte er die Antwort auf die Frage wirklich wissen? Eigentlich nicht. Wenn sich herausstellte, dass sie nach amerikanischen Gesetzen noch nicht einmal volljährig war, wie sollte er sie dann an Josephine ausliefern?

Flor runzelte die Stirn ob der Fragen, die Damien ihr stellte. Offensichtlich hatte sie nicht damit gerechnet, dass sich jemand ehrlich dafür interessieren würde, wie alt sie war und wie sie hieß. Sie hatte vermutlich schon mit ihrem Leben abgeschlossen und sich darauf eingestellt, nie wieder nach Hause zu kommen. Was sie leider auch nicht mehr würde.

»*Diecisiete*«, entgegnete sie leise und mit großen, verwirrten Augen. Siebzehn. Damien seufzte. Sie war gerade mal ein Jahr eine Jägerin. Ein Teenager, der das Glück gehabt hatte, mit den schlafenden Genen von Vampiren und Werwölfen geboren zu werden, welche die Jäger so besonders machten und ihnen einen Bruchteil des Potenzials der übernatürlichen Bevölkerung bescherten. Speziell, wenn es um Stärke und Schnelligkeit ging. Nach Tradition des Ministeriums für Interspezifische Angelegenheiten und der allgemeinen Jägergemeinschaft, musste der Nachwuchs sich mit 16 Jahren entscheiden, ob er die

Weiterbildung zum vollwertigen Jäger antreten wollte oder nicht. Eigentlich zählte Flor also auch noch nicht als vollwertige Jägerin. Sie musste sich auf eigene Faust unter die Menschen des Transports geschlichen haben, nicht wissend, dass sie damit ihr Schicksal besiegelte und nie wieder nach Hause zurückkehren würde. Damien hatte zwar keine Ahnung, was Josephine mit den Jägern anstellte, die er ihr immer wieder brachte, aber er wusste, dass keiner von denen New Orleans wieder verlassen hatte.

Er kniete einen Moment schweigend vor Flor, die ihn nur weiterhin anstarrte wie ein Reh im Scheinwerferlicht, während er überlegte, was er jetzt tun sollte. Es ging ihm persönlich gegen den Strich und gegen seine Prinzipien, Josephine ein Kind zu überlassen. Aber er war einen Deal mit der älteren Jägerin eingegangen und sie würde darauf bestehen, dass er seine Seite auch wirklich einhielt. Wenn nicht, war seine komplette Organisation gefährdet. Auch wenn er den Ruf eines Sklavenhändlers hatte, die Menschen, die seine Hilfe annahmen, entschlossen sich aus freien Stücken dazu. Und meistens genossen sie dann ein besseres Leben, als sie es in ihrer Heimat jemals gehabt hätten – speziell den Menschen, an denen seine Kunden einen Narren fraßen, fehlte es meist an nichts.

Er schüttelte den Kopf. Er hatte keine Wahl. Egal wie er es drehte und wendete, er konnte einfach keine

Lösung finden, bei der seine Immunität intakt blieb und er Flor nicht auslieferte. Er würde gegen seine Instinkte und seine Moralvorstellungen handeln, er musste. Und er würde sich diese Tat vermutlich lange nicht verzeihen können, womöglich sogar nie. Er fuhr sich mit der Hand durchs Haar, dann sah er Flor entschuldigend an und stand auf.

»*Lo siento.* Es tut mir leid, dass ich das jetzt tun muss. Aber ich habe keine andere Wahl.« Damien nahm Flor an den Händen und zog sie auf die Füße. Sie stammelte irgendetwas auf Spanisch, was er nicht so ganz verstand, aber anhand ihres erhöhten Herzschlages und der Art, wie sie versuchte, sich gegen seinen Griff zu wehren, vermutete er, dass sie etwas Schlimmes erwartete. Er warf Malone und den zwei anderen Idioten noch einen finsteren Blick zu, bevor er das Büro verließ und Flor zu seinem Wagen zog. Er hätte der jungen Jägerin liebend gerne erklärt, dass er ihr keine Schmerzen zufügen würde. Und dass er keine andere Wahl hatte, als sie an Leute auszuliefern, die genau das ziemlich sicher tun würden. Sein Spanisch reichte dafür aber kaum aus, also musste er sich damit begnügen, immer wieder »*Lo siento*« zu murmeln.

Die Fahrt zurück ins French Quarter von New Orleans verbrachte Damien mit der Suche nach einem Szenario, in dem er Flor vielleicht doch noch retten konnte. Sie war doch schließlich nur ein Kind. Selbst als Jägerin und als Mensch. Egal welcher Spezies sie angehörten, Kinder waren in Damiens Augen stets unschuldig und hatten es absolut nicht verdient, Leid in auch nur irgendeiner Weise zu erfahren. Selten ließ er die Außenwelt wissen, wie es um seinen moralischen Kompass stand. Er hatte schließlich einen Ruf, den er aufrechterhalten musste, und ein Unternehmen zu führen.

Für die meisten Bewohner von New Orleans und etwas über die Stadtgrenzen hinaus war Damien Moreau ein herzloser, brutaler Geschäftsmann, der nicht davor zurückschreckte, seine eigenen Leute um die Ecke zu bringen oder Handel mit anderen Leuten abzuschließen, wenn es denn seinem eigenen Ziel half. Aber er hatte nun einmal auch diese andere Seite; die Seite, die Kinder um jeden Preis beschützen wollte, gleich ihrer Herkunft, Hautfarbe oder Spezies. Vielleicht lag es daran, dass er sich selbst wünschte, jemand wäre für ihn während seiner Kindheit da gewesen. Er sprach zwar einige Sprachen, hatte Geld und einen französisch klingenden Namen, aber tief drinnen war er immer noch der Bastard eines Plantagenbesitzers und einer Französin, die sich ob ihrer Schulden selbst in die Sklaverei verkauft hatte.

Damien schüttelte sich, versuchte, die Erinnerungen an seine Vergangenheit und vor allem seine düsteren Grübeleien zu verdrängen und sich wieder hinter der Maske des reichen Nachtclubbesitzers zu verstecken. Eigentlich ironisch, dass gerade er mit Menschen handelte. Obwohl er gesehen hatte, wie die Arbeit auf der Plantage seine eigene Mutter und die afrikanischen Sklaven zu Grunde gerichtet hatte, war er selbst zu einem Menschenhändler geworden. Ein Mann musste nun mal tun, was ein Mann tun musste, um zu überleben. Und die meisten Tage war er auch Monsieur Moreau, Anführer des mächtigsten Vampirclans in New Orleans und ein gefühlskaltes Arschloch. Aber es war schwer heute, die Fassade aufrechtzuerhalten, wenn er nicht genau wusste, was Flor erwarten würde.

Er spürte Flors verängstigten Blick an seinem Hinterkopf, weigerte sich aber, sie anzusehen. Ihr Herz flatterte in ihrer Brust wie ein ängstliches Häschen. Sie hatte es aufgegeben, auf Spanisch Fragen zu stellen, die er ihr nie hätte beantworten können. Wie sollte er ihr auch sagen, dass er sie vermutlich gerade in ihren Tod führte?

Als sie endlich bei »*Mama Jo's Voodoo*« ankamen, hatte Flor sich entgegen Damiens Erwartungen wieder halbwegs beruhigt. Offensichtlich hatte sie eingesehen, dass es nichts half, sich gegen ein Wesen zu wehren, das körperlich stärker war als sie. Und er hatte sie auch nicht angerührt, abgesehen von den paar Sekunden, in denen er ihre Blutergüsse betrachtet und sie zum Wagen gezerrt hatte. Damien stieg als Erster aus dem Wagen aus, bevor er Flor heraus half und sie dann leicht hinter sich zur Tür zog. Die Dumaine Street, in der sich der Laden von Josephine Bonnet befand – und mit ihm

29

auch das Hauptquartier ihrer Jägerfraktion -, war wie leergefegt. Normalerweise waren selbst bis spät in die Nacht noch kleinere Gruppen an Menschen, Vampiren oder Werwölfen im French Quarter unterwegs, nur diesmal nicht. Aber es war Damien nur recht; je weniger Zeugen es gab, desto besser.

Er klopfte ungeduldig und hart gegen die Tür, von der schon seit Jahren die grüne Farbe abblätterte. Ein paar der Farbpartikel klammerten sich an seine Knöchel und er wischte sie an seiner Hose ab. Schade um den teuren Anzug, aber vielleicht kann Rudolpho da ja noch was machen. Er drehte sich zu Flor um und lächelte ihr aufmunternd zu, während sie darauf warteten, dass jemand kam und die Tür öffnete. Die Jägerin starrte ihn nun wieder verängstigt an. So viel zum Thema Beruhigung.

Damien hörte Josephine, bevor sie die Tür öffnete. Sie hatte sich irgendwann einmal bei einer Mission eine Verletzung am Bein zugezogen und das schlug sich jetzt in ihrem Gangbild nieder, indem sie ein Bein immer leicht hinter dem anderen her schleifte. Als sie endlich die Tür erreicht und entriegelt hatte, stand Damien und Flor eine ältere dunkelhäutige Dame gegenüber, deren schwarzgraue Haare in engen Locken von ihrem Kopf abstanden und ihr Gesicht einrahmten. Sie sah von Damien zu Flor und dann wieder zu Damien, ehe ein breites Grinsen ihre Mundwinkel erfasste.

»Ach, wie schön, dass du mir heute doch noch etwas vorbei bringst, Damien. Gib sie mir, ich übernehme von hier«, forderte Josephine und streckte die Hand nach Flor aus. Die aber wich instinktiv zurück und brabbelte erneut auf Spanisch los. Damien hob beschwichtigend eine Hand.

»*Cálmate, chica.* Sie wird dir nicht wehtun«, antwortete er und hoffte, dass Flor verstand, was er ihr sagen wollte. Dann wandte er sich wieder Josephine zu. »Sie spricht nur Spanisch. Und ich hoffe, dass ich mein Versprechen halten kann, dass ihr niemand hier wehtun wird.«

Josephine hob amüsiert eine Augenbraue. »Der Teufel von New Orleans hat also doch ein Herz. Ich wiederhole mich nur ungern, *Monsieur* Moreau. Gib mir das Mädchen. Und dann geh nach Hause oder in welchem Höllenschlund du dich auch immer wieder verkriechst. Es geht dich nichts an, was hinter dieser Tür geschieht, und ich werde es dir auch nicht erzählen.«

Damien schnaubte, machte aber weiterhin keine Anstalten, Flor zu übergeben. »Ich mag vielleicht in den Augen vieler Menschen hier ein Monster sein. Aber auch ich habe Prinzipien und eines davon ist, dass keinem Kind unter meiner Aufsicht auch nur ein Haar gekrümmt wird.«

Er sah der alten Jägerin an, dass sie langsam die Geduld verlor. Sie trat einen Schritt vor und baute sich vor ihm auf, ehe sie nach Flors Arm griff und sie auf ihre Seite zerrte. »Geh nach Hause, Vampir. Deine Arbeit ist hiermit getan. Die Kleine steht nicht länger unter deinem Schutz. Oder muss ich dich daran erinnern, was passiert, wenn du deinen Teil der Abmachung nicht mehr einhältst?«

Flor sah ihn hilfesuchend an, aber Damien senkte den Blick und trat einen Schritt zurück. »Nein, musst du nicht. Aber ich kann auch nicht stumm zusehen, wie ihr Kinder ermordet«, knurrte er.

Josephine lachte leise. Ein hartes, bellendes Geräusch, das vor Ungläubigkeit nur so strotzte. »Was schert es dich, was mit Menschen passiert? Speziell Jägern? Wir sind doch diejenigen, die dir und deinesgleichen das Leben erschweren. Wir sind diejenigen, die euch in euren Augen ungerecht behandeln und abschlachten, so wie ihr es seit Jahrhunderten mit uns macht. Was kümmert dich da ein kleines Menschlein?«

Sie hatte recht und Damien wusste das. Was kümmerte es ihn, was sie mit den Jägern anstellte, die er ihr brachte? Die interessierten ihn nicht. Sie waren Erwachsene, die ihre eigenen Ziele verfolgten. Aber Flor war in seinen Augen noch ein Kind, sie war unschuldig. Er konnte nicht einmal wissen, ob sie sich selbst für dieses Leben entschieden hatte oder nicht.

»Geh nach Hause, Vampir«, sagte Josephine, zerrte Flor nach drinnen und knallte ihm die Tür vor der Nase zu. Damien war sich bewusst, dass er das Mädchen nun nie wieder sehen würde. Er ballte die Hände zu Fäusten. Seine Fingernägel bohrten sich in seine Handfläche. Kurz überlegte er, die Tür aus den Angeln zu reißen und sich so Zutritt zu verschaffen, ließ es dann aber bleiben. Er musste an seinen Clan und sein Unternehmen denken. An sein eigenes Überleben.

Was allerdings nicht hieß, dass er diesen Abend vergessen würde. Während er zurück zum Wagen stapfte, schwor Damien sich, dass Josephine und ihre Jäger nicht ungeschoren davonkommen würden. Er würde an ihnen Rache üben für das, was sie Flor antun würden, und für jede noch so kleine Einschränkung, die sie ihm über die Jahre auferlegt hatten. Irgendwann.

II.

SULLIVANS GESETZ

Seine Pfoten gruben sich in die weiche Erde, als er den Hang hinaufhetzte. Die Rufe der aufgebrachten Dorfbewohner drangen an seine Ohren. Sein Herz pochte in seinem Brustkorb und er hechelte. Lange würde er diese Verfolgungsjagd nicht mehr durchhalten, aber er war nicht gewillt, einfach aufzugeben. So wurde der Jäger zum Gejagten. Irgendwo in den tiefsten Winkeln seines Bewusstseins registrierte er einen Hauch von Mitleid für seine übliche Beute. Die Beute, die sich jetzt bemühte, ihn zur Strecke zur bringen – für ein Verbrechen, das er nicht begangen hatte.

Ein Schuss hallte durch die Nacht und der Werwolf warf einen Blick über seine Schulter. Die Menschen mit ihren Gewehren und Laternen schlossen immer weiter zu ihm auf. Ein weiterer Schuss zischte an ihm vorbei. Die Kugel bohrte sich in den Grund. Die Kreatur spannte die Muskeln an und machte einen Satz nach vorne, darauf bedacht, so viel Distanz wie möglich zwischen sich und seine Verfolger zu bringen.

Die Rufe wurden wieder lauter, während er über die Kuppe hetzte und den Hang hinunterrutschte. Schüsse knallten um ihn herum. Sie kamen näher, zielten besser. Und er war zu langsam unterwegs. Kurz meldete sich der menschliche Teil seines Bewusstseins, meinte, dass sie sich doch stellen und der Jagd ein Ende bereiten konnten. Aber er würde sich nicht fangen lassen wie ein Hund, eher würde er so lange laufen, bis er vor Erschöpfung starb.

Als er den Fuß des Hügels erreichte und über eine niedrige Steinmauer setzen wollte, erklang der nächste Schuss. Noch näher als die letzten, ein anderer Winkel. Schmerz durchzuckte ihn und der Aufprall ließ ihn taumeln. Er verlor das Gleichgewicht auf der Mauer, kippte nach vorne. Ein Grollen ertönte tief in seiner Brust und er versuchte, sich wieder aufzurichten. Ein Warnschuss, der die Mauer traf, ließ ihn herumfahren.

Die dunkle Gestalt, die jetzt vor dem Werwolf stand, hielt das Gewehr im Anschlag. Aber sie drückte den

Abzug nicht durch. Der Werwolf fletschte die Zähne und schnappte nach der Gestalt.

Anstatt zurückzuzucken und doch noch zu schießen, seufzte sein menschliches Gegenüber und ließ das Gewehr sinken. Der Werwolf legte den Kopf schief, fast schien es, als würde er versuchen, die Stirn zu runzeln.

Er hätte weglaufen können, sich umdrehen und fliehen sollen. Aber stattdessen stand der Werwolf nur wie angewurzelt da, beugte sich halb über die Mauer. Er schnüffelte. Er konnte nicht das kleinste Fünkchen Angst bei seinem Gegenüber wittern. Seltsam …

Gerade als er sich doch noch zurückziehen wollte, schwang die Gestalt das Gewehr herum. Der Kolben des Gewehrs traf den Werwolf an der Schläfe. Er schüttelte sich, knurrte. Da traf ihn das Gewehr ein zweites Mal, und ein drittes. Er wankte, versuchte krampfhaft die Augen offen zu halten, bevor er schlussendlich doch noch umkippte und das Bewusstsein verlor.

Connor stöhnte, als er langsam aus dem traumlosen Schlaf erwachte. Sein Körper konnte sich nicht entscheiden, welcher Schmerz größer war: das Pulsieren seiner Schulter oder die kleinen Zwerge, die hinter seiner Stirn mit Spitzhacken gegen seine Schläfen hämmerten. Er verzog das Gesicht, kniff die Augen zusammen und atmete tief durch. Was war gestern Nacht passiert? Warum hatte er das Gefühl, sein eigener Körper hatte sich gegen ihn gewendet?

Als Connor endlich die Augen öffnete, blickte er ein paar dunkelbraunen Dachbalken entgegen. Er hatte eigentlich die weiß getünchte Decke seiner kleinen Hütte erwartet. Für einen Moment vergaß er den Schmerz und runzelte die Stirn. Verdammt, wie weit war er letzte Nacht gelaufen? Er drehte den Kopf und ein altmodischer Wecker auf einem Nachttisch kam in sein Sichtfeld. Die Zeiger tickten vor sich hin, zählten die Sekunden, Minuten und Stunden. Connor drehte den Kopf zur anderen Seite und erspähte einen dunklen Schrank, einen Sessel und ein Fenster. Die Einrichtungsstücke, die er sehen konnte, und der weiche Untergrund verrieten ihm, dass er sich in einem Schlafzimmer befand. Das Kissen unter seinem Kopf roch nach Shampoo und einer persönlichen Note, die er nicht ganz einordnen konnte. Also wem gehörte das Schlafzimmer?

Die Antwort auf die Frage kam sogleich durch die Tür spaziert. Die dunkelblonde Frau trug ein warmes Lächeln auf den Lippen und ihm schlug eine Welle von Gestank nach nassem Hund und vergangenem Regen entgegen. Wolf!, schrie sein Unterbewusstsein. Er schob die instinktive Warnung beiseite, versuchte sich etwas aufzurichten und beobachtete jede Bewegung der Frau, die ihm da gegenüber stand. Als sie sich kurz zu ihm beugte, um den Wecker gerade zu rücken, stieg ihm der Geruch des Kissens in die Nase, stärker diesmal, und immer noch gemischt mit nassem Fell. Aber es ließ keinen Zweifel daran zu, dass das Bett offenbar ihr gehörte. Sie richtete sich wieder auf und schien erst jetzt zu bemerken, dass er wach war.

»Schön, du weilst also doch noch unter den Lebenden. Ich war mir nicht sicher, ob die Schusswunde dir den Rest geben würde oder ob ich dir zu hart auf den Kopf geschlagen habe.« Ein schelmisches Grinsen breitete sich auf ihrem Gesicht aus. Connor wurde das Gefühl nicht los, dass er sie kannte.

Er zog eine Augenbraue hoch. »Kennen wir uns?« Als sie nicht gleich antwortete, schob er die nächste Frage nach: »Was zum Teufel ist letzte Nacht passiert?« Connor rutschte noch ein Stück am Kopfende des Bettes nach oben. Ein erleichtertes Seufzen entwich seinen Lippen, als er sich wieder ins Kissen zurücklehnen konnte.

Währenddessen verschränkte die junge Frau die Arme vor der Brust und lehnte sich gegen den Türrahmen. »Ich hab dich wohl doch ein bisschen zu hart erwischt«, murmelte sie. Das schelmische Grinsen war immer noch präsent auf ihrem Gesicht.

»Daena Sullivan. Meiner Familie gehört der Pub im Dorf. Oder zumindest gehörte, jetzt bin ich die alleinige Besitzerin. Ich hoffe, du erinnerst dich wenigstens noch daran, dass gestern Nacht Vollmond war und ich dir den Arsch gerettet habe.« Das Grinsen verschwand, während sie sprach. Connor warf ihr einen alarmierten

Blick zu. Wenn letzte Nacht Vollmond gewesen war, musste das heißen, dass er sich verwandelt hatte.

Sein Herz hämmerte in seiner Brust und kalter Schweiß brach auf seiner Haut aus, als er daran dachte, was er wohl angerichtet hatte.

Sullivan hatte seine leichte Panikattacke scheinbar bemerkt, denn sie stieß sich von der Wand ab und kam zu ihm herüber. Vorsichtig setzte sie sich auf die Bettkante, legte eine Hand auf sein Knie. Connor zuckte zurück, ein instinktives Knurren entrang sich seiner Kehle und sie zog die Hand weg.

»Keine Sorge. Du hast niemanden verletzt oder getötet. Allerdings haben dich die Jäger ziemlich gut erwischt.« Sullivan nickte zu Connors bandagierter Schulter. »Zum Glück hab ich dich gefunden, bevor sie dich endgültig in ihre Hände bekamen. Musste dich allerdings bewusstlos schlagen, sonst hättest du entweder uns beide verraten oder mich in Stücke gerissen.«

Connor konnte sie nur verständnislos anstarren. Er wurde angeschossen? Von Jägern? Und sie hatte ihn gerettet, indem sie ihm eins übergezogen hatte? Kein normaler Mensch würde es auch nur wagen, sich einem Werwolf in einer Vollmondnacht zu nähern. Zu gefährlich und meistens endete es mit dem Tod der waghalsigen Person. Sullivan hielt seinem Blick stand, machte aber keinerlei Anstalten, ihm weiter auf die Sprünge zu helfen. Der Geruch, der von ihr ausging, und die Tatsache, dass sie sich ihm in einer Vollmondnacht entgegengestellt hatte, konnten eigentlich nur eines bedeuten.

Er ließ seinen Kopf nach hinten fallen, der daraufhin gegen das hölzerne Kopfende des Bettes schlug und die Zwerge mit den Spitzhaken wieder für kurze Zeit ins Leben rief. Er fuhr kurz zusammen, entspannte sich dann aber wieder, als der Schmerz abklang und zu einem stumpfen Pochen wurde.

»Du bist also auch …?«, fing er an.

»Ein Werwolf? Ja. Keine Angst, ich verrate dich schon nicht. Wäre ja auch irgendwie kontraproduktiv für mich selbst«, erwiderte sie. Connor runzelte seine Stirn, als Daena ihm den Rücken zuwandte und ihre dunkelblonden Haare mit einem Arm anhob. Darunter kamen vier dicke Narben zum Vorschein, die sich von der Basis ihres Nackens unter das T-Shirt zogen, vermutlich bis zu ihren Lenden hinunter.

»Siehst du? Wir sitzen beide im selben Boot«, meinte sie und drehte sich wieder zu ihm. Connor nickte nur stumm. Er konnte es immer noch nicht ganz glauben, dass er an eine Artgenossin geraten war und diese ihn bewusstlos geschlagen und anschließend verarztet hatte.

»Hast du Hunger? Wenn du nicht aufstehen kannst, kann ich dir das Essen auch hierherbringen«, bot sie an. Connor schnaubte abfällig und rollte mit den Augen.

»Ich mag vielleicht eine halb verheilte Schusswunde in der linken Schulter und mörderische Kopfschmerzen haben, aber ich bin mir sicher, dass meine Beine noch einwandfrei funktionieren. Danke der Nachfrage«, grummelte er.

»Mein Name ist Connor, mal so nebenbei. Connor O'Rileigh.« Er rutschte mit einem Grunzen an die Bettkante.

»Der neue Schafzüchter weiter hinten im Tal, ich weiß. Du hast sehr, nun ja, wie soll ich es sagen, schmackhafte Exemplare in deiner Herde.« Daena grinste und zwinkerte ihm zu, bevor sie zur Tür ging.

»Das erklärt dann wohl auch die zwei fehlenden Lämmer vom letzten Monat«, murmelte Connor, bevor er einmal tief durchatmete und vorsichtig die Beine über den Rand des Bettes schwang und aufstand. Sein linker Arm war keine große Hilfe bei der Bewegung. Die halb verheilte Wunde an der Schulter pochte und der Arm protestierte, wenn er auch nur daran dachte, die Muskeln anzuspannen. Als seine nackten Füße den Boden berührten, war er darauf vorbereitet, vor der Kälte zurückzuzucken. Aber Sullivan hatte offensichtlich ein Faible für flauschige Teppiche und so blieb die eisige Begegnung mit dem Fußboden aus.

Er konnte Daena vor sich kichern hören, während sie ihn aus dem Schlafzimmer und einen kleinen engen Flur hinunterführte. Interessiert musterte er die eher rustikale Einrichtung des kleinen Hauses. Verblichene

Fotos von den Highlands hingen an den Wänden. Eine alte Kommode aus dunklem Holz stand unter einem Fenster. Als sie daran vorbeigingen, sah Connor, dass sie sich im Erdgeschoss befanden. Also waren sie definitiv nicht im Pub. Ihm wäre beides recht gewesen.

»Sag mal, wie lange bist du schon ... ein Wolf?«, fragte Connor beiläufig. Sie hatten endlich die Küche und damit auch das Wohnzimmer erreicht. Auf dem Esszimmertisch, der gemeinsam mit einer Kücheninsel eine kleine Barriere zwischen Küche und Wohnzimmer bildete, lagen zwei offene Akten und dazwischen oder darüber immer wieder Zeitungsartikel. Über das Papierchaos verstreut, in dem sich für Connor keine Ordnung erkennen ließ, standen halbleere Tassen und Gläser.

Sullivan sammelte die Tassen und Gläser ein, stellte sie auf die Küchenplatte und wandte sich dann wieder Connor zu. »Meine erste Verwandlung liegt fast zehn Jahre zurück. Was ist mit dir?«

»Vier«, entgegnete er und kratzte sich betreten am Hinterkopf. Wenn er davon ausging, dass er und Sullivan ungefähr im selben Alter waren, dann musste sie etwa in ihren früheren Zwanzigern verwandelt worden sein. Seine Gedanken wanderten wieder zu den Narben auf ihrem Rücken. Er hatte keine Bisspuren erkennen können. Ob der Fluch, wenn man es denn so nennen konnte, auch über Kratzspuren übertragen werden konnte? Er war kurz davor, sie danach zu fragen, entschloss sich dann aber doch dagegen. Schließlich wollte er nicht unhöflich sein. Dieses Mal konnte sie mit einer Bratpfanne auf ihn losgehen.

»Dann wirst du dich noch eher an deine ersten Verwandlungen erinnern. Und diesen unbändigen Hunger, die Sehnsucht nach der Jagd«, meinte Daena. Connor nickte, runzelte aber die Stirn über ihre Wortwahl. Er selbst hatte die Verwandlung bei Vollmond nie als etwas Gutes empfunden, als etwas, dem man freudig tänzelnd hinterherjagen sollte. Auch jetzt noch, vier Jahre nach seiner ersten Verwandlung, erwachte er jedes Mal nach einer Vollmondnacht mit der Angst, dass er jemanden verletzt oder getötet haben könnte, dass er doch wieder die Kontrolle verloren hatte.

Das war unter anderem einer der Gründe, warum Connor sich entschieden hatte, Schafzüchter zu werden. So konnte das Biest in ihm bei Vollmond Beute machen, aber es kam normalerweise kein Mensch dabei zu schaden. Es sei denn, Menschen wollten sich in der Nacht in die Klamm, weit hinten im verwinkelten Teil des Tales verirren, wo er normalerweise die auserwählten Schafe hinbrachte. Trotzdem bejahte er ihre Aussage. »Ich kann mich noch gut erinnern. Warum fragst du?«

Daena, die sich daran gemacht hatte, eine Suppe aufzuwärmen, nickte zum Esstisch und den darauf liegenden Akten. »Die zwei Dorfbewohner, die angeblich von einem wilden Tier angefallen und zerfleischt wurden. Einer der Polizisten, die sich um den Fall kümmern, ist ein, sagen wir mal, Freund. Er hat mir die Akten mit den Obduktionsberichten kopiert.«

Connor hob eine Augenbraue, trat aber näher an den Tisch heran, um sich die Fotos anzusehen. »Ist das nicht eigentlich illegal?« Er konnte sich nur einen kurzen Blick auf die Leichenfotos genehmigen, da drehte sich ihm der Magen auch schon um. »Ein wildes Tier war das nicht.«

»Solange niemand in der Chefetage des Polizeireviers erfährt, dass ein Kollege Fallakten einfach so weitergibt, juckt es niemanden. Abgesehen davon hast du recht. An was erinnern dich die Bilder?« Sie rührte weiterhin im Kochtopf die Suppe um. Die Fotos von blutigen, zerfleischten und zerfetzten Menschen schienen sie nicht weiter zu berühren. Wieder etwas, das Connor kurz stutzen ließ.

»Sieht aus, als hätte jemand sie wie Stoffpuppen zerrissen.« Er zuckte mit den Achseln. Zugegebenermaßen kannte er sich nicht gut genug mit seinesgleichen aus, um auch nur irgendetwas wirklich Brauchbares aus den Fotos ableiten zu können.

»Für einen erfahrenen Werwolf sind die Wunden zu oberflächlich, zu ungestüm. Selbst wenn sich jemand mit mehr Erfahrung und mehr Kontrolle zum Mord an einem Menschen hinreißen lassen würde, wären die Bisse doch präziser gesetzt. Das ist das Werk eines

Jungspunds, der nicht weiß, was er tut. Das Gesetz verbietet vielleicht die Jagd auf Menschen. Aber das heißt nicht, dass es nicht hin und wieder vorkommt.« Daena brachte ihm eine Schüssel Suppe und einen Löffel, setzte sich ihm gegenüber an den Tisch und stützte den Kopf auf den Händen ab. Sie ließ Connor nicht aus den Augen, was ihn unruhig werden ließ. Äußerst unruhig. Er konnte es nicht ausstehen, beim Essen beobachtet zu werden.

»Was genau hat das alles mit mir zu tun?«, fragte er zwischen zwei Löffeln. Die Suppe war heiß, verbrannte ihm die Zunge. Aber es tat gut, etwas Warmes in den Magen zu bekommen. Vor allem würde es seiner Genesung helfen.

»Du meinst, abgesehen davon, dass du beinahe letzte Nacht für etwas draufgegangen wärst, das du nicht getan hast?«, stellte sie ihm eine Gegenfrage.

»Die Menschen im Dorf schießen doch inzwischen auf alles, was sich bewegt. Sie haben Angst. Ein Wunder, dass sie sich noch nicht gegenseitig erschossen haben«, brummte Connor und löffelte weiter seine Suppe. Allerdings war letzte Nacht auch sein Fehler gewesen. Langsam konnte er sich wieder erinnern, dass er sich bereiterklärt hatte, einem der Suchtrupps zu helfen. Kleine Gruppen, zusammengesetzt aus Polizisten und Dorfbewohnern, die in der Nacht auf die Jagd nach einem Werwolf gingen. Gestern allerdings hatten sie zu lange gebraucht und er hatte es nicht mehr rechtzeitig nach Hause geschafft, bevor die Verwandlung eingesetzt hatte.

»Das mag stimmen. Aber das ändert nichts daran, dass ich deine Hilfe brauche. Wenn du denn bereit bist, sie zu geben. Wir müssen den Jungspund finden und ihm die Regeln erklären. Ihm klarmachen, dass er nicht so einfach in anderer Leute Territorium jagen und schon gar nicht töten darf.« Daena war aufgestanden, hatte ihm den Rücken zugewandt. Aber er sah die geballten Fäuste dennoch, die sie zitternd an den Seiten ihres Körpers hielt.

Er nickte. »Okay, ich helfe dir. Aber wie sollen wir ihn oder sie finden?«

Sullivan seufzte, drehte sich mit einem Stirnrunzeln zu ihm um und setzte sich wieder hin. Ihre Hände hielt sie unter dem Tisch versteckt. »Keine Sorge, ich hab da eine Spur. Sobald du fertig bist, brechen wir auf. Sofern du dich stark genug fühlst, um mit mir durch die Gegend zu laufen.«

Connor warf ihr einen leicht beleidigten Blick zu. »Wird schon gehen. Aber danke, dass du dich so um mich sorgst. Wusste gar nicht, dass ich solche Gefühle in Frauen auslöse«, scherzte er. Er wusste, sie hatte auf seine Wunden angespielt. Inzwischen gab seine Schulter nur noch ein leichtes Ziehen von sich, wenn er sich bewegte. Sein Kopf hatte gänzlich aufgehört zu schmerzen.

»Bilde dir bloß nichts darauf ein. Ich tue das nur, weil wir im selben Boot sitzen. Schließlich teilen wir uns dieses Tal. Was nicht heißt, dass ich dir nicht vielleicht doch noch irgendwann eine Kugel in den Kopf jage.« Anscheinend hatte er einen wunden Nerv getroffen. Was auch immer der Grund für Daenas Fixierung auf Territorium und Wolfsgesetze war, jetzt war nicht die richtige Zeit dafür, um danach zu fragen. Vielleicht würde sich der richtige Moment auf der Suche bieten.

Den Rest der Suppe aß er schweigend. Sullivan war wieder aufgestanden und lehnte am Tresen, genauso wenig daran interessiert, das Gespräch weiterzuführen, wie er selbst. Sie sah ihn nicht einmal an, sondern studierte einen der Zeitungsartikel neben ihr. Connor dachte indes über ihre Worte nach. Er verstand, warum sie so erpicht darauf war, den jungen Wolf zu fangen. Schließlich lebten sie beide hier und ein mordender Werwolf war eine Gefahr für alle im Tal. Nicht nur für die Menschen. Wenn er davon ausging, wie sein eigener Körper auf sie reagiert hatte, als er sie gesehen hatte, konnte er sich ausmalen, wie blutig Revierkämpfe aussehen würden.

Mit einem metallenen Klimpern ließ Connor den Löffel in die Suppenschüssel fallen, um Daenas Aufmerksamkeit wieder auf sich zu ziehen. »Wir können gehen. Sofern du nicht doch etwas anderes zu tun hast. So ein Pub läuft schließlich nicht von allein.«

Sie schnaubte, nahm ihm die Schüssel ab und stellte sie zum Rest des dreckigen Geschirrs. »Sie kommen auch mal ein paar Stunden ohne mich aus. Ich habe zuverlässige Mitarbeiter.«

Connor stand auf, berührte vorsichtig den Verband an seiner Schulter. Dem Kribbeln und Ziehen nach zu urteilen, hatte sich seine Haut wieder geschlossen. Die Wunde war also beinahe wieder komplett verheilt. Er ging Richtung Sullivan und der Tür. Mit einem Nicken nahm er die Jacke entgegen, die sie ihm hinhielt, dann trat er an die frische Luft. Wie er richtig vermutet hatte, befanden sie sich in einer kleinen Hütte am Rande des Dorfes. Die Sonne versteckte sich hinter einer Wolkendecke und der Wind versprach später am Tag Regen.

Während Sullivan zum Auto schlenderte, hatte er selbst Mühe, seine Jacke anzuziehen. Seine linke Schulter wollte doch nicht so recht mitspielen. Irgendwie hatte er es dann geschafft, sich hineinzuzwängen, und ignorierte den amüsierten Blick, den Daena ihm zu warf, als er in den schwarzen Jeep Wrangler einstieg. »Na, dann mal los«, murmelte er.

Der Beginn der Fahrt verlief in beidseitigem Schweigen. Keiner von beiden wollte eine gezwungene Konversation über das Wetter führen. Also war das Einzige, das das Geräusch des Motors etwas übertönte, das laufende Radio. Connors Gedanken kamen immer wieder auf Daenas seltsames Verhalten zurück. Sie hatte gesagt, sie wolle dem jungen Werwolf, den sie hoffentlich fanden, die Regeln erklären. Aber ihre komplette Ausstrahlung ließ ihn an dem Vorhaben zweifeln.

Connor beobachtete, wie sie das kleine Dorf hinter sich ließen. Unzählige Weiden zogen an ihnen vorbei. Dann fuhr Sullivan auf einmal links ran und hielt am Straßenrand. Er sah ihr hinterher, während sie ausstieg, beschloss dann aber, ihr zu folgen.

Daena hatte sich vor einem Weidezaun hingekniet und schien ihn eingehend zu betrachten. »Der Jungspund ist definitiv hier vorbeigekommen«, meinte sie.

Connor runzelte die Stirn. »Woher willst du das wissen?« Sullivan winkte ihn zu sich heran und er trat näher. Sie deutete auf ein Fellbüschel, das am Draht hängengeblieben war.

»Das riecht weder nach dir noch nach mir. Wird wohl der Eindringling sein. Ich glaube, er wollte Richtung Fort William.« Sie zeigte die Straße hinunter, dorthin, wo er in der Entfernung Gebäude erahnen konnte. Connor hatte sich noch nicht genug mit den ganzen verschiedenen Städten in den schottischen Highlands auseinandergesetzt, allerdings sagte ihm Fort William etwas. Er war schon öfter durch die Küstenstadt gefahren, speziell wenn er woanders hin wollte. Und er wusste auch, dass Fort William schlechte Neuigkeiten bedeutete. Menschen und Werwölfe an einem Ort ging nie gut aus – wie diese Situation ihm aufzeigte. Connor rollte den Klumpen Fell zwischen seinen Finger zu einem kleinen Ball und sah dann wieder zu seiner Begleiterin, die ihm zunickte. Dann gingen sie wieder zurück zum Auto, stiegen ein und Daena fuhr los.

»Sag mal«, begann Connor, um die unangenehme Stille zu brechen. »Warum bist du eigentlich nicht bei deinem Rudel?«

Sullivan seufzte, hielt den Blick stur auf die Straße gerichtet. »Ich wurde rausgeschmissen. Lange Geschichte. Prinzipiell lag es wohl an unseren unterschiedlichen Ansichten.« Sie schnaubte. »Eigentlich wären die dafür zuständig gewesen, mich zu beschützen. Stattdessen haben sie mich allein gelassen.«

Connor seufzte und runzelte die Stirn. »Manchmal lassen uns eben die Leute zurück, die uns beschützen sollten. Und manchmal lässt man sie zurück, um sie vor uns selbst zu schützen.«, murmelte er. Die beiden fielen wieder in betretenes Schweigen.

Als Sullivan in den Vorhof einer Lagerhalle einbog, drehte er sich wieder zu ihr um.

»Was machen wir hier?«, wollte Connor wissen. Ein Werwolf würde doch nicht so verrückt sein und sich in einer Lagerhalle am Rande einer mittelgroßen Stadt verstecken. Zumindest er selbst würde sich eher in einen Wald oder in die Berge zurückziehen.

Daena stieg aus, beugte sich dann jedoch doch wieder zu ihm herein. »Was denkst du wohl? Wir gehen auf die Jagd. Komm schon.« Connor rollte mit den Augen und folgte ihr.

»Warum genau hier? Der Wolf wäre ein Idiot, wenn er sich hier verstecken würde!«, erwiderte er.

»Das hier ist die erste Lagerhalle in einem Umkreis von einer Meile. Sie liegt am Rand von genau der Straße, die wir gerade entlanggefahren sind.

Du weißt schon, dort, wo wir die Fellbüschel am Zaun gefunden haben?«, meinte Daena schnippisch.

Sie hat nicht übertrieben, als sie gesagt hat, wir würden auf die Jagd gehen, dachte er schockiert, während er beobachtete, wie Daena ein Gewehr aus dem Kofferraum holte.

»Das ist doch wohl nicht dein Ernst, oder?« Ungläubig starrte er auf die Schusswaffe in ihren Händen. Und er selbst würde zum Komplizen eines Mordes werden, wenn sie das durchzogen.

»Sieh es als eine Vorsichtsmaßnahme. Du weißt doch, wie unberechenbar junge Wölfe sind«, erwiderte Daena mit einem Achselzucken. Hatte sie das gerade wirklich gesagt? Hatte er sich ganz sicher nicht verhört?

»Du kannst trotzdem nicht einfach jemanden erschießen. Das ist Mord, Daena. Ja, er hat vielleicht zwei Menschen getötet, aber das heißt nicht, dass wir Gleiches mit Gleichem vergelten können. Das ist immer noch ein Mensch da drinnen.«

»Ach reg dich nicht so auf. Ich werde ihn schon nicht umbringen.« Daena schulterte das Gewehr und ging voraus. Connor sah ihr kurz nach, bevor er ihr kopfschüttelnd folgte. In seinem Inneren flüsterte eine leise Stimme, dass Daena ihn anlog. Er versuchte die dunkle Vorahnung zu ignorieren, welche sich langsam in seine Knochen schlich und dort festsetzte. Sein Gewissen hatte ihm schon die ganze Zeit gesagt, dass etwas mit ihr nicht stimmte.

In der Lagerhalle angekommen schlug ihm sofort der typische Wolfsgeruch entgegen, gemischt mit dem Gestank nach kaltem Schweiß. Er hielt Daena am Arm zurück, als sie weiter in die Halle hineingehen wollte.

»Wie wär's, wenn du mich vorgehen lässt? Ich glaube, wenn er dich sieht, kriegt er nur noch mehr Angst«, schlug Connor vor. Sie stimmte leise murmelnd zu, bedachte ihn allerdings mit einem skeptischen Blick. Er atmete tief durch, versuchte die Spur des jungen Wolfes aufzunehmen.

Der Gestank nach Wolf und Angst wurde nur noch stärker, während Connor Daena um einen Stapel Kisten herumführte. Wem auch immer diese Lagerhalle gehörte, er kümmerte sich offensichtlich nicht darum, sie gegen Eindringlinge zu sichern. Aber wer konnte denn schon ahnen, dass sich ein junger Werwolf genau hier verstecken würde? Angst bringt Leute dazu, seltsame Dinge zu tun, murmelte die kleine leise Stimme in seinem Kopf, die ihn unablässig vor Daena warnte, seit sie angekommen waren.

Connor hielt Daena am Oberarm zurück, als diese um die nächste Ecke laufen wollte. Beide konnten ein leises Schniefen und Schluchzen vernehmen. Sie hatten den Jungspund gefunden.

»Lass mich zuerst mit ihm reden, bitte«, flüsterte Connor. Er konnte sich nur ausmalen, wie er selbst reagiert hätte, wäre ihm jemand in seinen ersten Monaten als Werwolf mit einem Gewehr entgegengekommen. Und wie Daena gesagt hatte: Junge Wölfe waren unberechenbar. Ihre Verwandlung wurde in den ersten Monaten oder Jahren nicht nur vom Vollmond gesteuert, sondern konnte auch durch extremen Stress ausgelöst werden. Und wenn das passierte, konnten sie eine ruhige Unterhaltung vergessen. Aber selbst die erfahrensten Wölfe konnten immer noch die Kontrolle verlieren. Es kam alles auf die Situation an. Solange sie ruhig blieben und versuchten, nicht bedrohlich zu wirken, sollten sie keine Probleme damit haben, dem Jungspund die Werwolf-Statuten der Koexistenz-Gesetze zu erklären. Auch wenn eine Lagerhalle nicht unbedingt der beste Ort dafür war.

Daena grummelte etwas, das sich anhörte wie »Wenn du meinst«, machte aber keinerlei Anstalten ihn zu stoppen. Vorsichtig umrundete Connor den letzten

Stapel Kisten, sein Blick fiel kurzzeitig auf den Boden. Er runzelte die Stirn. Waren das Wollfetzen, die da vor seinen Füßen lagen? Kleine weiße Bällchen aus Flausch, teilweise gesprenkelt mit getrocknetem Blut, teilweise lagen sie in dunkelroten Fußspuren. Soweit er sich an die Polizeiberichte erinnern konnte, auf die er einen kurzen Blick geworfen hatte, war bei keinem der Opfer Wolle gefunden worden. Was hatte das zu bedeuten?

Er wollte Daena schon nach den Details der Obduktionsberichte fragen, aber er stand endlich dem jungen Werwolf gegenüber. Der junge Mann hatte sich nackt in einer Ecke zusammengekauert. Seine Haare waren zerzaust, sein Gesicht Blut befleckt. Das Wimmern, das ihm entfuhr, war nicht ganz menschlich, aber auch nicht zur Gänze das Geräusch eines Tieres. Er konnte nicht älter als siebzehn, vielleicht auch achtzehn sein. Connor hob beschwichtigend die Hände und ging vor ihm in die Hocke.

»Hey, ganz ruhig. Wir wollen bloß mit dir reden.« Der Junge, der Connor gegenüber kauerte, zitterte am ganzen Leib. Connor konnte genau erkennen, wann Daena um die Ecke kam, denn sein gegenüber verspannte sich noch mehr.

»Hattest du irgendwas mit zwei toten Dorfbewohnern nicht unweit von hier zu tun?« fragte Daena schroff. Der Junge schüttelte fanatisch den Kopf.

»Ich hab nichts mit toten Menschen zu tun, ich schwör's! Ich bin hier drinnen aufgewacht, mit Wolle zwischen den Zähnen«, wisperte er. Connor zog eine Augenbraue hoch. Konnte es sein, dass Daena ihn doch angelogen hatte? Aber warum? Vielleicht waren das auch die Schafe von einem anderen gewesen? Nicht alles konnte ein bloßer Zufall sein. Daran glaubte Connor nicht. Ein lauter Schuss riss ihn aus den Gedanken. Die Kugel zischte knapp an ihm vorbei. Seine Augen weiteten sich, als er zusah, wie der junge Artgenosse vor ihm in sich zusammensackte. Ein Loch klaffte in seiner Stirn und Blut quoll daraus hervor.

Connor wirbelte zu Daena herum, die mit dem Gewehr im Anschlag dastand. »Warum hast du das getan?! Er war unschuldig!« Er begann zu zittern, konnte spüren, wie der Wolf in ihm zum Leben erwachte.

Daena zuckte nur mit den Schultern. »Er war dabei, sich zu verwandeln. Abgesehen davon hab ich dir gerade einen Gefallen getan. Oder hattest du etwas anderes vor mit einem Dieb und Wilderer?« Also doch. Daena hatte sich nicht an seinen Schafen vergriffen. Sein innerer Wolf knurrte und unwillkürlich kroch das Geräusch auch durch seine menschliche Kehle.

»Du hast meine Schafe nicht gerissen. Wenn er meine Schafe getötet hat, dann kann er die zwei Menschen nicht auf dem Gewissen haben. Warum, Daena? Was gibt dir das Recht, zu entscheiden, wer lebt und wer stirbt?« Connor stellten sich die Nackenhaare auf, als ihm ein Schauder den Rücken runterlief. Er konnte fühlen, dass er langsam die Kontrolle verlor, als das Zittern in seinem Körper in ein Beben überging.

»Wir können nicht alle von der monatlichen Jagd auf Schafe leben. Und, um ehrlich zu sein, es gibt nichts Aufregenderes, als seinem Opfer hinterherzurasen. Den Wind im Fell zu spüren. Du hast das doch sicher auch schon gespürt, Connor. Das unbeschreibliche Hochgefühl der Jagd, des Tötens.« Daena lächelte ihn verträumt an. Connor schüttelte langsam den Kopf.

»Nein, habe ich nicht. Denn im Gegensatz zu dir versuche ich, kein Monster zu sein.« Ein weiterer Schauder erschütterte seinen ganzen Körper. Das Biest wollte raus, wollte sich für den Mord an dem Artgenossen rächen. Und Connor war so kurz davor, sich ihm hinzugeben. Er ahnte, dass er mit Daena nicht mehr vernünftig kommunizieren konnte.

Er hatte keine Ahnung, wie viele Menschen sie wirklich getötet hatte, aber sie hatte definitiv Blut geleckt. Er sah es in ihren Augen. »Und was wird jetzt aus mir?«

Daena zuckte mit den Achseln. »Du weißt, dass ich dich unmöglich gehen lassen kann. Nur einer von uns kommt hier lebend wieder raus.« *Und du wirst es nicht sein*, knurrte die Stimme in Connors Kopf erneut. Nein, er würde unmöglich kampflos untergehen.

»Ach, komm schon. Ich verrate auch nicht ein Sterbenswörtchen, versprochen«, murmelte Connor, während er versuchsweise ein paar Schritte auf Daena zuging. Sie hielt das Gewehr immer noch schussbereit, aber inzwischen war er so nah, dass sich der Lauf beinahe in seine Brust drückte. Wenn sie jetzt abdrückte, würde es ihm garantiert den Brustkorb zerschmettern. Und er würde sie mit sich reißen. Der Wolf in ihm grollte. Connors Schultern zuckten. Es war fast so weit.

»Nein. Es tut mir leid, Connor. Wirklich.«

Er glaubte, in Daenas Augen kurz so etwas wie Reue aufblitzen zu sehen. Aber es war so schnell verschwunden, dass er sich nicht gänzlich sicher war.

»Mir tut es auch leid, Daena«, murmelte er und gab die Kontrolle über seinen menschlichen Körper auf. Seine Knochen knackten, als sich seine Anatomie veränderte. Seine Fingernägel wurden zu Klauen, die Beine verlängerten und die Gelenke verschoben sich.

Und Connor nutzte den Schwung aus seiner Verwandlung, um sich nach vorne auf Daena zu stürzen. Er grub ihr die Krallen in die Seiten, spürte das Blut, das an seinen Pfoten hinunterfloss. Ein Schuss löste sich mit einem Knall. Connor spürte den kurzen Schmerz, als die Kugel sich in seine Brust bohrte. Mit einem Seufzen ließ er Daena los, taumelte nach hinten. Beide sanken sie zu Boden. Connor spürte, wie die Kraft seines Wolfes ihn verließ und er sich wieder zurück verwandelte.

Der dröhnende Herzschlag in seinen Ohren wurde langsamer und leiser, die Schwärze der Ohnmacht streckte ihre Fühler nach ihm aus, bis er ihr mit einem letzten Blick auf Daena nachgab und sich fallen ließ.

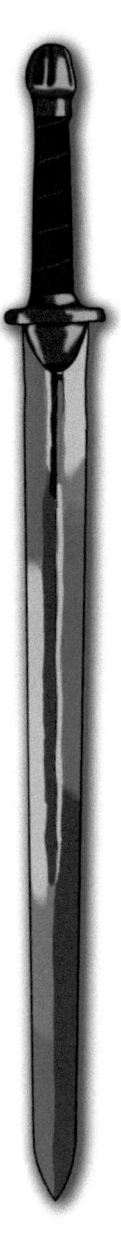

III.

BLUTSPUREN IM SCHNEE

Xi Lei hob einen Arm, um ihre Augen halbwegs vor dem Wetter abzuschirmen. Ihr Blick folgte dem Weg, der sich den Berghang hinaufschlängelte, gesäumt von kleinen Steinmauern, und schließlich in einem Dorf endete. Ein buddhistischer Tempel thronte über der zusammengewürfelten Ansammlung aus armseligen, mit Stroh bedeckten Hütten. Die Kälte drang durch ihre Sturmmaske und ihre Handschuhe, kroch durch die dünneren Schichten unter ihren Mantel.

Lei seufzte, zog das Schwert und den Rucksack auf ihrem Rücken etwas zurecht und machte sich daran, den Hang zu erklimmen. »Warum musste das

Ministerium mich hierherschicken?«, fluchte sie, während ihre Beine beinahe knietief im Schnee einsanken. Natürlich musste sie diesen Auftrag gerade mitten im Winter erledigen. Statt sich gemütlich in Lhasa vor einem Feuer zusammenzurollen und eine Tasse Tee schlürfen zu können, musste sie hier draußen um ihre Zehen und Finger bangen.

Sie konnte sehen, wie ihr Atem in kleinen Wölkchen ihren Mund und ihre Nase verließ und sich dann in der kalten Abendluft verlor. Der Wind zerrte unerbittlich an ihrer Kleidung und machte ihr den Aufstieg noch schwerer. Lei klammerte sich an den Riemen, der das Schwert auf ihrem Rücken hielt, und kämpfte sich voran. Selbst mit dem Tosen des Sturms in den Ohren und den Schneeflocken in den Augen konnte sie nicht umhin, die gespenstische Ruhe zu bemerken, die auf dem Dorf lag und immer deutlicher wurde, je näher sie kam.

Keine Kerzen in den Fenstern oder Feuerschein, der auf den Weg leuchtete. Kein Rauch, der sich aus den Hütten erhob und irgendwie darauf schließen ließ, dass Menschen in ihren Hütten vor dem Wetter Zuflucht suchten. Unter der Kapuze und ihrer Sturmmaske runzelte Lei die Stirn. Wo waren die Menschen hin?

Lei ging weiter auf die erste Hütte zu. Eine dunkle, vermummte Gestalt, die sich vom Weiß des Schnees und den bunten Häuserwänden abhob. Falls sie doch noch auf Menschen treffen sollte, gab sie wohl einen seltsamen Anblick ab. Sie zögerte kurz, stieß dann aber doch die Tür auf und stolperte zurück. Die Dunkelheit in der Hütte wirkte alles andere als einladend. Sie konnte weiter gehen und versuchen, einen Unterschlupf mit mehr Licht zu finden, aber die Chancen standen schlecht.

Die Jägerin trat zögernd über die Türschwelle. Bis ihre Augen sich an das Halbdunkel gewöhnt hatten, konnte sie nur schwer die Umrisse der Einrichtung erkennen. Durch die offene Tür fiel mehr Schnee als Licht in die Hütte. »Aber auf solche Umstände bin ich schließlich vorbereitet«, murmelte Lei und nahm den Rucksack von ihren Schultern. Mit vor Kälte klammen Fingern hatte sie Mühe, die Schnallen des Rucksacks zu öffnen und darin herumzukramen. Schlussendlich fand sie dann doch, was sie suchte, und zog die Stirnlampe hervor.

Sie zog die Kapuze herunter, setzte die Stirnlampe auf und schaffte es nach einigen Versuchen, sie einzuschalten. Die Hütte war komplett verlassen. Sie befand sich in einer traditionellen Behausung, in der Wohnraum, Küche und Schlafplatz in einem Raum vereint waren. Die Stirnlampe malte scharfe Schatten des einfachen Mobiliars an die Wände und auf den Boden. Es ist kein Vier-Sterne-Hotel, aber für heute Nacht sollte es reichen. Mit einem Seufzer schloss Lei die Tür und zog sich die Sturmmaske vom Kopf.

Zwar wütete der Wind in der Hütte nicht so sehr wie draußen vor der Tür, aber Lei sah, dass das Loch in der Decke, welches normalerweise als Rauchabzug für das Kochfeuer diente, von Schnee verstopft war. Somit konnte sie kein Feuer machen, außer sie wollte eine Kohlenmonoxid Vergiftung riskieren. Selbst wenn genügend Rauch durch die Fenster entweichen konnte … Sie hatte ja nicht einmal Feuerholz mitgebracht. Andererseits, wer hätte schon gedacht, dass ihre Arbeit sie mitten im Winter in ein verlassenes Dorf in den Ausläufern des Himalayas führen würde?

Sie sehnte sich zurück nach Hause, nach Wärme und einem Bett, wo sie sich ausruhen konnte, ohne sich vor Unterkühlung fürchten zu müssen. Lei nahm das Schwert von ihrem Rücken, schnallte die Glock, die in einem Holster an ihrem Oberschenkel steckte, ab und ließ sich mit einem Ächzen auf dem Strohbett nieder. Ihr Kopf sank gegen die Wand und die Erschöpfung kroch ihr in die Glieder. Heute Nacht würde sie sich nicht mehr vom Fleck bewegen. Sie konnte sich immer noch morgen auf die Suche nach den Dorfbewohnern machen, wenn sie mehr sah und der Sturm sich hoffentlich gelegt hatte. Mit einer Hand auf ihrem Jian, dem traditionellen chinesischen Schwert, und der Sturmmaske in der anderen fielen ihr die Augen zu.

Mit einem Ruck wurde Lei aus dem Schlaf gerissen. Ihr Herz raste. Sie blickte sich gehetzt in der kleinen Hütte um. Sie konnte die Berührung auf ihrer Wange, die sie geweckt hatte, immer noch spüren. In was für ein Hexenwerk waren die Dorfbewohner hineingeraten? Warum hatte sie das Gefühl, von Geistern beobachtet zu werden? Unsinn, Lei. Die einzigen übernatürlichen Wesen, vor denen man sich in unserer Welt fürchten muss, sind Vampire und Werwölfe. Und die kann man töten. Denn sie haben Köpfe, die man abschlagen kann.

Mit steifen Gliedern und zittrigem Atem stand sie auf. Das Jian rutschte dabei von ihrem Schoß und fiel laut klappernd zu Boden. Lei zuckte bei dem Laut erschrocken zusammen. Ihre Ohren hatten sich bereits so sehr an die vergleichbar ruhige Umgebung gewöhnt, dass jegliches andere Geräusch ihr wie ein Eindringling vorkam. Ein kurzer Blick nach draußen zeigte Lei, dass sie gar nicht so lange geschlafen haben konnte. Das Dorf war in noch tiefere Dunkelheit gehüllt, wenn so etwas denn möglich war. Aber der Sturm hatte etwas nachgelassen.

Lei schloss die Tür wieder, sank mit dem Rücken dagegen zu Boden und atmete tief durch, um sich zu sammeln. Ihr Blick fiel auf das Schwert. Sie konnte förmlich sehen, wie einige ihrer Kollegen missbilligend den Kopf geschüttelt hatten, als sie das Jian zu ihrer bevorzugten Waffe auserkoren hatte. Im 21. Jahrhundert arbeiteten die meisten Jäger mit modernen Schusswaffen, ausgestattet mit Kugeln, die mit synthetischen Giften überzogen waren, die den Kampf gegen Werwölfe und Vampire erleichterten. Aber Lei mochte es lieber traditionell. Sie liebte es, das Gewicht des Schwertes in ihrer Hand zu spüren, es wie eine Verlängerung ihres Armes zu führen. Die Waffe war seit der ersten Sekunde an ein Teil von ihr und sie würde das Jian gegen keine Schusswaffe der Welt austauschen wollen. Ihr Vorgesetzter hatte mit disziplinären Konsequenzen drohen müssen, damit sie die Glock überhaupt mitnahm. „Ich weiß, du magst das Schwert lieber, aber die modernen Waffen sind nun mal Vorschrift, Lei", hatte sie sich zum hundertsten Mal sagen lassen müssen.

Leis Pflichtgefühl sagte ihr, dass sie eigentlich jetzt da hinausgehen und nach Dorfbewohnern suchen sollte – oder dem Gegenstand ihres Auftrags. Aber ihr Körper weigerte sich, sie schauderte allein schon bei dem Gedanken daran, in die Kälte hinauszugehen. In der Hütte war es zwar nicht viel wärmer, aber trocken. Und da war immer noch die Versuchung eines mehr oder minder weichen Schlafuntergrunds in Form des Strohbettes. Das Protokoll verlangte zwar, dass sie wach blieb, aber niemand hatte ihr verboten, sich in eine Decke einzuwickeln und auf ein Strohbett zu setzen.

Sie seufzte. Es hatte keinen Sinn, sich jetzt auf die Suche nach den Dorfbewohnern zu machen. Auf der einen Seite war es so dunkel, dass sie ohne die Stirnlampe nichts sehen würde. Auf der anderen Seite würde sie sich dadurch bloß angreifbar machen. Und das wollte Lei um jeden Preis verhindern.

Mühsam rappelte sie sich auf, rollte mit den Schultern und zuckte zusammen, als ihre Gelenke knackten. Wie gern wäre sie jetzt in eine heiße Wanne gesunken und hätte die Wärme des Wassers die verspannten Muskeln lösen lassen. Aber so blieb ihr nichts anderes übrig, als zu dem Strohbett zu schlurfen, die kalte Decke anzuheben und darunter zu schlüpfen. Bevor sie den Kopf niederlegte, griff sie noch mal nach ihrem Schwert, zog es fest an sich und schmiegte ihren Körper daran. Sie zog die Decke hinauf bis ans Kinn, scannte die Hütte immer wieder nach möglichen Eindringlingen. Bis die Müdigkeit sie doch noch einmal übermannte.

Lei grummelte vor sich hin und kroch tiefer unter die einfache Decke, als ihr Körper langsam wieder aufwachte.

Sie wollte nicht aus ihrem warmen Kokon schlüpfen, musste aber einsehen, dass sie hier war, weil sie einen Auftrag zu erfüllen hatte. Ihre Instruktionen waren deutlich genug. Sie sollte Berichten über verdächtige Aktivitäten nachgehen und, wenn sie sich als wahr herausstellten, das Problem sang- und klanglos beseitigen. Nur redete nie jemand darüber, dass es gar nicht so leicht war, Vampire und Werwölfe aus dem Weg zu räumen. Klar, es gab diejenigen, die so viel von ihrer Menschlichkeit abgelegt hatten, dass Lei sie getrost als Monster bezeichnen konnte. Andere wiederum machten es ihr nicht so leicht, ihr Gewissen zu beruhigen.

Sie seufzte, schob den Kopf unter der Decke hervor und scannte den Raum auf etwaige ungebetene Gäste, die sich eventuell eingeschlichen hatten, während sie ihre Wache verschlafen hatte. Aber wie schon die Nacht davor war alles ruhig. Bloß etwas Schnee hatte sich unter den Fenstern angesammelt, den der Wind die Nacht über hereingetragen hatte. »Tja. Sieht so aus, als würde sich das hier schneller erledigen als angenommen«, murmelte Lei, schlug die Decke zurück und zuckte zusammen, als sie ein Schwall kalter Luft traf.

Während sie ihre Ausrüstung zusammensuchte, drängte sich ihr die Frage auf, ob der Mönch, der nach Lhasa gekommen und nach der Hilfe der Jäger gefragt hatte, sich nicht einfach geirrt hatte. Soweit sie es gestern gesehen hatte – auch wenn sie nicht wirklich viel gesehen hatte –, war das Dorf schon seit Wochen verlassen. Vielleicht täuschte auch der Schnee, aber Lei wurde das Gefühl nicht los, dass sie umsonst hierhergekommen war. Und sie hasste nichts mehr, als sich unnötigerweise zu einem Auftragsort zu begeben, nur um dann herauszufinden, dass sie gar nicht gebraucht wurde. Vielleicht hatte Zhao ihr den Auftrag auch nur zugeteilt, um sie aus dem Weg zu haben. Als ob sie sich nicht schon oft genug als fähige Jägerin bewiesen hatte.

Sie zog einen der Verschlussriemen ihres Rucksacks so fest an, dass die Schnalle protestiere und beinahe auseinanderbrach. Verärgert über ihre eigene Ungezügeltheit und Zhaos unfaires Verhalten ihr gegenüber schnaubte Lei und sprang von ihrem Sitzplatz auf dem Strohbett auf. Nur weil sie ihre Abstammung nicht auf eine der reinen Blutlinien zurückführen konnte, hieß das nicht, dass sie eine schlechtere Jägerin war. Sie hatte sich ihren Platz als Jahrgangsbeste bei ihrem Abschluss hart erkämpft, zählte zu den fähigsten Jägern der Provinz und trotzdem behandelten ihre Vorgesetzten sie wie ein Kind, gaben ihr nur die Aufträge, von denen sie vermutlich dachten, dass Lei sie erledigen konnte, die aber unter der Würde eines anderen Jägers waren. Sie war keine 16 mehr, machte diesen Job seit bald 13 Jahren. Wie viel mehr Köpfe muss ich nach Hause bringen, bis sie mich endlich als ebenbürtig betrachten?

»Rumsitzen und sich beschweren, dass man es seinen Vorgesetzten nie recht machen kann, wird mir auch nicht dabei helfen, diesen verdammten Auftrag endlich zu erledigen. Augen zu und durch, wie man so schön sagt«, versuchte Lei, sich selbst Mut zuzusprechen. Sie bückte sich, nahm das Schwert, die Glock und den Rucksack. Den Rucksack schwang sie sich auf den Rücken, das Schwert hängte sie an den Gürtel über

73

ihrem Mantel, die Schusswaffe direkt dahinter. So kam sie schneller ran, sollte sie die Waffen wirklich brauchen.

Bevor sie die Hütte verließ, zwang sie sich noch dazu, das Bett wieder so herzurichten, wie sie es vorgefunden hatte. Selbst wenn die Besitzer vermutlich nicht mehr zurückkehren würden, die Geister waren ihr vermutlich gnädiger, wenn sie hinter sich aufräumte. Lei drehte sich ein letztes Mal auf der Türschwelle um, versicherte sich, dass alles an seinem Platz war und trat dann in den neuen Tag hinaus.

Der Schneesturm vom Vortag hatte sich gelegt, der Himmel hatte sogar aufgeklart und die Sonne ließ den Schnee um Lei herum glitzern. Das Dorf war … friedlich. Beinahe idyllisch. Aber für Lei war es zu still. Hier fehlte das Leben, die Wärme. Der frische Schnee knirschte unter Leis Stiefeln, als sie von ihrem Unterschlupf aus auf die nächsten Hütten zuging. Ihre rechte Hand ruhte an ihrer Seite, in Nähe des Schwertgriffs. Auch wenn sie mit ihrer linken Hand ziehen musste. Die Tatsache, dass ihre Waffe überhaupt da war, vermittelte ihr Sicherheit.

Ein Blick durch die Tür der nächsten Hütte verriet ihr, dass diese ebenfalls verlassen war. Das Spiel wiederholte sich bei den nächsten. Nach der zehnten blieb Lei stehen, lehnte sich mit dem Rücken gegen den Türrahmen und atmete einmal tief durch. Sie konnte sich keinen Reim auf den Verbleib der Bewohner machen. Die Hütten waren aufgeräumt, zeigten keine Hinweise auf überstürztes Verlassen und doch fand Lei keine Spur von Leben. Ob die Vampire hinter sich aufräumten, nachdem sie das ganze Dorf abgeschlachtet hatten? Als ob das jemals passieren würde. Lei schüttelte den Kopf, stieß sich vom Türrahmen ab und setzte ihre Suche fort.

Die Sonne stand schräg hinter ihr, als Lei kurz davor war, den Versammlungsplatz des kleinen Dorfes zu erreichen. Den Tempel über dem Dorf hatte sie stets im Blick und sie wurde das Gefühl nicht los, dass das Gebäude mit den weißen Wänden und den gold-roten Dächern sie ebenfalls beobachtete. Wie ein wildes Tier, das noch nicht so recht wusste, ob es einer Gefahr gegenüberstand oder nicht. Als sie so auf den Tempel starrte, glaubte Lei, aus dem Augenwinkel eine Bewegung wahrzunehmen. Aber als sie den Kopf drehte, war der Schatten bereits verschwunden.

Dieses Dorf macht mich noch wahnsinnig …

Lei machte einen Schritt, wollte weiter gehen, als sie unter sich etwas knacken hörte.

Sie runzelte die Stirn, hob den Stiefel und schrak zurück, als sie sah, auf was sie da getreten war. Eine gefrorene Hand streckte die gekrümmten Finger nach ihr aus. Einer der Finger stand in einem ungünstigen Winkel ab, dort wo sie drauf getreten war und den Finger mit ihrem Gewicht gebrochen hatte.

Lei beeilte sich, weiter zu kommen, und machte einen Satz über die eingeschneite Hand, die vermutlich zu einem ganzen Körper gehörte. Aber schon nach wenigen Schritten blieb sie an etwas hängen und stolperte. Bei näherer Betrachtung stellte sich heraus, dass sie über ein Bein gestolpert war.

Diesmal kniete sie sich hin und zog an dem Bein. Der Schnee gab leicht nach, offenbarte einen alten Mann, der mit glasigen Augen in den blauen Himmel starrte. Lei beugte sich über die Leiche, ignorierte ihren Magen, der zu rebellieren drohte, und versuchte, Bisswunden zu erkennen. Soweit sie feststellen konnte, war der Mann aber nicht an einem Vampirangriff gestorben, sondern an etwas anderem.

»Das erklärt zumindest zwei der verschwundenen Dorfbewohner«, meinte sie zu niemand Bestimmten außer sich selbst. Mit einem leisen Ächzen stand sie auf und ließ ihren Blick über die Hütten und den Weg schweifen. Jetzt wo sie wusste, wonach sie wirklich suchte, offenbarte die Schneedecke immer wieder kleinere Hügel auf dem Weg. Vermutlich Menschen, die entweder zwischen den Häusern gestorben oder aus den Hütten herausgetragen worden waren, um sie aufzubahren. Aber warum hatte sie niemand beseitigt? Es konnte doch unmöglich das ganze Dorf umgekommen sein. Dann hätte es der Mönch, der Zhao und den anderen in Lhasa von den Aktivitäten hier berichtet hatte, unmöglich hier rausgeschafft. Es sei denn …

»Ach, komm schon. Der Mönch war ganz sicher kein Vampir. Das geht gegen alles, was sie glauben und wofür sie stehen. Sicher nicht«, schalt Lei sich selbst für den Gedanken. Und doch ließ sie die Frage nicht in Ruhe.

Mit einem mulmigen Gefühl im Magen schlich Lei weiter, darauf bedacht, leise zu sein. Selbst wenn niemand mehr übrig war, der sich über Lärm hätte beschweren können, wollte sie doch die Totenruhe so wenig wie möglich stören. Sie konnte nicht ganz verstehen, ob der Schauer, der ihr über den Rücken jagte, von der Kälte herrührte oder von der Tatsache, dass sie offensichtlich einen Weg entlang stapfte, der mit Leichen gesäumt war. Selbst wenn nur die Hälfte der Schneehügel tote Menschen unter sich begraben hatten, reichte das doch aus, um Leis Herz vor Anspannung schneller schlagen zu lassen.

Endlich kam sie am Versammlungsort an, der Tempel thronte in Reichweite. Lei wollte schon erleichtert aufatmen, froh darüber, die Straße der Leichen hinter sich gelassen zu haben. Da fiel ihr Blick auf einen Haufen am Rande des Platzes, dort wo der Weg zum Tempel begann. Sie näherte sich wie ein Raubtier auf der Jagd. Als sie sah, was der Haufen wirklich war, entwich ihr Atem in einem gellenden Schrei.

Ein Dutzend glasiger Augen klagte sie stumm an. Lei hatte bereits zuvor Leichen gesehen, aber nicht so. Nicht so viele auf einem Haufen. Manche von ihnen mit aufgerissenen Kehlen. Andere lagen einfach steif auf dem Stapel. Ein Stapel aus Körpern. Aus menschlichen, zu Eis erstarrten Körpern.

Sie unterdrückte den Würgereiz und stapfte vorsichtig näher an den Haufen heran. Zhaos Worte kamen ihr wieder in den Sinn: »Wenn du Leichen auf Anzeichen vampirischer oder werwölfischer Attacken untersuchen musst, versuch zu vergessen, dass der Mensch, der da vor dir liegt, einmal fühlen konnte. Und solange du dennoch respektvoll mit der Leiche umgehst, werden dir die Geister auch nicht böse werden. Schließlich willst du ihren Tod rächen.« Zu ignorieren, dass da mehr als ein Dutzend toter Menschen vor ihr lag, war leichter gesagt als getan. Leis Blick driftete immer wieder zu den Augen hin, die leer zurückstarrten.

Lei wandte sich ab, atmete einmal tief durch und drehte sich dann wieder zu dem Haufen um. Sie musste zählen, wie viele Menschen dem Vampir im Dorf zum Opfer gefallen waren. Sofern die Todesursache eindeutig darauf schließen ließ, dass ein Vampir der Schuldige war. So verlangte es das Protokoll. Selbst wenn sie den Blutsauger nicht mehr antreffen würde, konnte sie der Jägervereinigung helfen, die Verzehrgewohnheiten und das Alter zu ermitteln. Vielleicht würde es ihnen auch dabei helfen, den

Vampir zu finden. Also musste Lei wohl das tun, was ihr widerstrebte, und die Leichen vom Stapel nehmen und untersuchen. Gerade als sie sich zu einem Körper mit aufgerissener Kehle hin beugte, zog ein kleiner roter Fleck etwas entfernt vom Leichenstapel ihre Aufmerksamkeit auf sich. Sie ließ den steifen Arm los und bewegte sich auf den Fleck zu, der sich dunkelrot von dem weißen Schnee abhob.

Bei dem Fleck angekommen, sah Lei, dass sich daneben relativ frische Fußspuren befanden. Fußspuren, die den Weg zum Tempel entlangführten und nebenher eine Blutspur zogen.

Die Spuren mussten zu dem Vampir gehören, den sie suchte.

Lei sprang auf und hastete den Weg entlang, so schnell es im knöcheltiefen Schnee ging. Die Hütten auf beiden Seiten hatten einiges an Schnee vom gestrigen Sturm abgefangen, sodass sie nicht so tief einsank wie in anderen Teilen des Dorfes.

Es verstrichen mehrere Minuten, in denen Lei zu schwitzen und zu schnaufen begonnen hatte, aber schlussendlich erreichte sie die Treppen, die zum Tempel führten. Die Sonne war inzwischen wieder weitergewandert und würde bald untergehen. Wenn sie den Auftrag noch vor Ende des Tages erledigen wollte, musste Lei sich beeilen. Sie machte einen Schritt auf die Treppe zu – und zögerte.

Sie wusste nicht, was sie da drin erwarten würde. Zwar hatte sie nur ein Paar an Fußstapfen entdeckt, aber es konnten sich trotzdem noch weitere Vampire im Tempel verstecken. Und was, wenn die Mönche einen geheimen Vorrat an Knochenstaub hatten? Selbst Buddhisten griffen manchmal auf dieses Mittel zurück, um Kontakt mit den Verstorbenen aufzunehmen. Obwohl der Knochenstaub-Konsum bei Jägern und religiösen Menschen verpönt war, manchmal hatte er doch seine Vorteile. Wenn der Vampir, oder wie viele es auch immer waren, diese Droge gefunden hatte, war Lei ihnen chancenlos ausgeliefert. Sie hatte Geschichten gehört und Berichte gelesen, was passierte, wenn Vampire die allseits beliebte Droge – die früher tatsächlich aus zermahlenen Knochen und halluzinogenen Pulvern hergestellt wurde – einnahmen. Nicht nur ihre mentalen und körperlichen Fähigkeiten verstärkten sich, auch ihr Hunger war dann weitaus schwerer zu besänftigen. Die Berichte von Massenmorden, die ab und zu die Runden in den Nachrichten machten; meistens gingen sie auf die Kappe von Vampiren oder Werwölfen, die etwas zu viel Knochenstaub abbekommen hatten.

Aber das wird dich jetzt nicht mehr aufhalten. Selbst wenn du einer Horde aufgeputschter Vampire gegenübertrittst, du wirst so viele wie möglich eliminieren, bevor sie dich zerfleischen. Lei atmete tief durch, zog sicherheitshalber ihr Schwert und machte sich dann daran, die Treppe zu erklimmen.

Der Schnee knirschte unter ihren Sohlen, das Blut rauschte in ihren Ohren und ihr Herz schlug so heftig in ihrer Brust, Lei hatte Angst, es würde durch ihre Rippen schlagen und davonlaufen. Sie folgte weiterhin den Fußstapfen und den Blutstropfen, die sie am Haupteingang des Tempels vorbei und um das Hauptgebäude führten.

Während sie an der Längsseite des Tempelgebäudes entlangschlich, erhaschte Lei einen Blick hinunter ins verschneite Tal. Das Licht der Sonne brach sich am Schnee und ließ ihn immer wieder aufblitzen.

Ein Krähenpaar zog kurz ihre Aufmerksamkeit auf sich, als die Vögel über Lei hinweg in Richtung der Berge flogen. Der Winter hatte offensichtlich sein Übriges getan und die Leichen unten im Dorf vor dem Ende im Verdauungstrakt eines Aasfressers verschont - noch. Sobald der Frühling hier wäre und der Schnee schmölze, würde es im Dorf nur so wimmeln vor hungrigen Tieren. Vorausgesetzt niemand hätte die Leichen vorher beseitigt und angemessen beerdigt.

Lei schüttelte den Kopf. Vermutlich würde niemand mehr hierher zurückkehren und die Toten beerdigen, wenn sie hier fertig war. Menschen waren zwar seltsame Wesen, aber keiner mit gesundem Verstand würde an den Ort eines Massakers reisen.

Endlich hatte sie das hintere Ende des Hauptgebäudes erreicht. Sie ging um die Ecke und fand sich in einem kleinen Innenhof wieder, in dessen Mitte ein alter verkrüppelter Baum stand. Die Spuren führten quer über den Hof, an dem Baum vorbei und zu der überdachten Veranda eines weiteren Gebäudes, von dem Lei vermutete, dass es als Schlafsaal genutzt wurde. Der Wind trug leises Schluchzen an ihre Ohren. Selbst von ihrer Position am Rand des Haupttempels aus konnte sie die Umrisse zweier Körper sehen. Einer leblos, der andere wippte vor und zurück, versuchte von Zeit zu Zeit, den leblosen Körper zu einer Bewegung zu animieren.

Lei trat einige Schritte näher, blieb aber bei dem Baum stehen. Die Szene, die sich vor ihr abspielte, zog ihr das Herz in der Brust zusammen. Ein kleiner Junge beugte sich weinend über den Körper seiner toten Mutter. Zwischen den Schluchzern und den verzweifelten Versuchen, sie zum Aufstehen zu bewegen, hörte Lei immer wieder die Worte: »*Ama*, steh auf. Wach auf. Mach die Augen auf, *Amag*!«

Ama – das tibetische Wort für Mama. Was war vorgefallen, dass ein kleiner Junge weinend als Waise zurückgelassen wurde? In diesem unerbittlichen Winter? Er konnte unmöglich derjenige sein, den sie suchte. Das Gesetz verbot die Verwandlung von Minderjährigen. Aber das Blut und die Fußspuren führten zu ihm. Zu dem Jungen, der da blutverschmiert auf der Veranda saß. Und Lei würde ihn ausschalten müssen. So wollte es das Gesetz. Vampire, die Menschen töteten, ganz gleich ob mit Absicht oder ohne, mussten eliminiert werden.

Sie blieb noch eine kleine Weile stehen, haderte innerlich mit der leisen Stimme, die ihr zuflüsterte, dass der Junge, der neben dem leblosen Körper seiner Mutter kniete, vielleicht gar nicht die Schuld trug. Die Leichen, die relativ intakt gewesen waren ... Vermutlich hatte ein Fieber das Dorf heimgesucht. Der Junge war erkrankt, die Mutter hatte versucht, ihn zu retten, indem sie ihn zu einem Vampir brachte. Ein Vampir, der offensichtlich im Tempel bei den Mönchen Unterschlupf gefunden hatte. Götter, wenn Zhao das erfährt ... Buddhistische Mönche, die einen Vampir verstecken. Ein kleiner Junge, der zum Monster wurde und seine eigene Mutter tötete, die versucht hatte, ihn zu retten.

Aber würde es nicht ein Trost für ihn sein, zu wissen, dass er vielleicht mit seiner Mutter wieder vereint sein wird? »Nein«, murmelte Lei. Ganz gleich der religiösen Vorstellungen einer Person, die meisten waren sich einig darüber, dass Vampire und Menschen nicht in demselben Jenseits aufzufinden waren. Die einen nannten es Hölle, die anderen irgendeine andere Art von grausamer Bestrafung. Der Junge auf der Veranda hatte sie offensichtlich gehört, denn er hob den Kopf.

Lei versuchte, ihr Schwert hinter sich zu verbergen, und ging langsam auf ihn zu.

»Hey, Kleiner. Keine Angst. Ich bin nicht hier, um dir wehzutun«, meinte sie beschwichtigend und hob die Hand zum Gruß. Der junge Vampir sah sie aus großen goldenen Katzenaugen an. Sein Gesicht und seine Hände waren blutverschmiert. Leis Herz zog sich erneut schmerzhaft zusammen, als ihr klar wurde, dass sie nicht um die Erfüllung ihrer Pflicht herumkommen würde. Er hatte ein halbes Dorf getötet. Sie als Jägerin hatte einen Eid geleistet, Menschen zu schützen. Sie musste ihn töten. Selbst wenn sie es nicht wollte.

»Du bist hier, um mir meine *ama* wegzunehmen, richtig? Habe ich was falsch gemacht?«, fragte er mit tränenerstickter Stimme.

Lei hatte inzwischen die Veranda erreicht, erklomm die Stufen und kniete sich vor ihm hin. »Es ist nicht allein deine Schuld. Aber ich bin nicht hier, um dir deine Mutter wegzunehmen. Ich bin hier, um dich von hier wegzuholen. Du kannst hier nicht bleiben.« Sie versuchte, ihre Stimme so ruhig klingen zu lassen wie nur möglich. Zögerlich streckte sie die Arme aus.

Der Junge nickte, wischte sich die Tränen vom Gesicht – wobei er nur mehr blutige Schlieren auf seinen Wangen hinterließ – und kroch vorsichtig über seine Mutter hinweg in Leis Arme. Er drückte sich an sie. Immerhin hatte er zu weinen aufgehört. Aber Lei wusste nicht so recht, was sie nun machen sollte. Sie konnte sich schlecht umdrehen und ihr Schwert packen. Als sie das dachte, spürte sie, wie sich der Körper des Jungen versteifte. Er hatte ihre Waffe gesehen.

Mit einem Aufschrei stieß er Lei von sich, die daraufhin rücklings die Stufen hinunterfiel. Der Junge sprang auf und in ihre Richtung. Lei rollte sich gerade noch rechtzeitig zur Seite.

»Du bist nicht hier, um mich wegzuholen. Du bist hier, um mich zu töten. Du bist eine Jägerin. Eines der Monster, von denen mir Jhing erzählt hat. Du. Bist. Ein. Monster!«, schrie er und stürzte sich erneut auf sie.

Seine kleinen Hände hatten sich zu Klauen gewandelt, die an ihrer Kleidung zerrten, sie zerrissen und über die Haut darunter schabten. Sein Gesicht war wutverzerrt und in seinem Mund konnte Lei eindeutig Fangzähne erkennen.

Der Junge warf sich auf sie, versuchte, ihr das Gesicht zu zerkratzen und ihre Kehle zu fassen zu kriegen. Lei stieß den Jungen von sich, rollte sich zu ihrem Schwert. Mit dem vertrauten Gewicht in der Hand sprang sie auf.

»Wir alle haben das Potenzial, zu Monstern zu werden, Kleiner«, meinte Lei trocken. Weder sie noch er waren hierbei eine Ausnahme.

Der Vampir stand ihr gegenüber, die Knie leicht gebeugt, den Mund aufgerissen. Er war ein kleines, aber fähiges Raubtier, die Muskeln gespannt zum Sprung. Und als er sich ein weiteres Mal auf sie stürzte, stieß er einen heulenden Kampfschrei aus.

Aus Leis Kehle antwortete ein Gebrüll, das dem des Jungen an Intensität in nichts nachstand. Sie spannte die Muskeln an, holte aus und schwang das Schwert. Das Metall fraß sich gierig durch Fleisch, Sehnen und Knochen. Lei hatte solch eine Wucht in den Schlag gelegt, dass sie dem Kind den Kopf in einer Bewegung abschlug. Das Blut spritzte aus der durchtrennten Kehle, und Kopf wie Körper schlugen mit dumpfen Geräuschen auf dem Schneebedeckten Boden auf.

Sie ließ das Schwert mit zitternder Hand sinken. Dann wischte sie das Blut des Jungen mit ihrem zerfetzten Ärmel aus ihrem Gesicht und starrte auf die Überbleibsel ihrer Tat. Der Schnee färbte sich tiefrot, dort, wo das Blut aus den durchtrennten Adern floss.

IV.

Bonus

GLOSSAR

Blutsband, das – mentale Verbindung, die zwischen
Vampir und Mensch entsteht, wenn ein Vampir von
einem Menschen trinkt. Ermöglicht es, Vampir und
Mensch unter anderem die Emotionen des jeweils
anderen zu fühlen, in die Träume des anderen
einzutauchen und manchmal selbst im wachen Zustand
durch die Augen des anderen zu sehen. Das Band ruft
außerdem bei längerer Abstinenz
Entzugserscheinungen bei Vampir und Mensch hervor,
um das Überleben des Vampirs zu sichern. Diese
äußern sich meist durch dumpfe Kopfschmerzen, die
sich manches Mal über den ganzen Körper ausbreiten
können. Blutbänder zwischen Vampiren und Jägern
sind per Gesetz verboten, da diese sonst zu
Interessenkonflikten führen könnten. Das Blutsband
besteht lebenslänglich, bis eine der beiden Parteien
stirbt.

Clan, der – auch „Vampirclan", lokaler
Zusammenschluss von Vampiren. Meistens Vampire,
die von einem Oberhaupt verwandelt wurden.

Jäger – Mensch mit schlafenden Vampir- und
Werwolfgenen, die ihm ein höheres körperliches
Potenzial gewähren und manchmal bei der
Verwandlung helfen. Oft werden nur Menschen als
Jäger bezeichnet, die auch aktiv im Dienst stehen. Jäger

sind eine der lokalen Polizei übergeordnete, paramilitärische Einheit, die sich mit Gesetzesübertretungen durch Vampire und Werwölfe beschäftigt und dafür sorgt, dass die Koexistenz-Gesetze befolgt werden.

Jägervereinigung – auch *„Jägerbund"*, nationaler Zusammenschluss von allen Jägern, dem Ministerium für Interspezifische Affären und dem Jägerkoordinator unterstellt. Auch inaktive Jäger oder solche, die sich für einen anderen Beruf entschieden haben, zählen als Mitglieder.

Koexistenz-Gesetze – international festgelegte Gesetze, die seit etwa 1865 das Zusammenleben von Menschen, Vampiren und Werwölfen regeln sollen. Darin enthalten sind speziell Regeln, die Jagd- und Essverhalten der Spezies reglementieren.

König, der – *manchmal auch „Vampirkönig"*, archaische Bezeichnung für das Oberhaupt eines Vampirclans. Früher der Vampir, der den Clan gegründet hat, heutzutage wird diese Position meist durch demokratische Wahlen bestimmt. Ein Vampir hat das Amt des Clan-Oberhaupts bis zu seiner Absetzung oder seinem Tode inne.

Ministerium für Interspezifische Affären – 1865 nach dem ersten Vampir-Aufstand (auch bekannt als der Amerikanische Bürgerkrieg) gegründete, der Jägervereinigung übergeordnete Instanz. Das Ministerium kümmert sich um Angelegenheiten, die Menschen, Vampire und Werwölfe betreffen. Jedes Land besitzt ein eigenes Ministerium. Minister und Jägerkoordinatoren arbeiten eng zusammen. Alle Minister und Jägerkoordinatoren setzen sich zu einem internationalen Rat zusammen, der Gesetze verabschiedet.

Vampir – mutierte, humanoide Spezies, die sich durch relative Unsterblichkeit und Blutkonsum auszeichnet. Andere Merkmale inkludieren: ausfahrbare Fangzähne, Finger, die sich in Klauen verwandeln, goldene Augen mit katzenähnlichen Pupillen, übernatürliche Schnelligkeit, Stärke und Heilfähigkeit. Vampire können sich nicht sexuell fortpflanzen. Neue Vampire werden durch den Biss eines Vampirs und Blutaustausch mit eben jenem erschaffen. Die Verwandlung geht mit hohem Fieber einher, das etwa drei Tage anhält. Mitglieder dieser Spezies entwickeln eine Intoleranz gegen UV-Strahlung und erhöhte Reaktionen auf Stechapfel-Gift.

Werwolf – mutierte, humanoide Spezies, die sich durch einen stark verlangsamten Alterungsprozess und die Verwandlung in Mensch-Wolf-Hybriden bei Vollmond oder Erregung auszeichnet. Sexuelle Fortpflanzung bei Werwölfen ist selten, kann aber vorkommen. Neue Mitglieder werden meistens durch Bisse oder Kratzer verwandelt. Die anfängliche Verwandlung geht wie bei Vampiren mit hohem Fieber einher, das etwa drei Tage anhält. Werwölfe entwickeln eine akute Allergie gegen Silber und Wolfswurz/Eisenhut.

Werwolf-Statuten – *s. auch Koexistenz-Gesetze*, manchmal auch Wolfsgesetze, Regulationen, die speziell Werwölfe betreffen und in denen unter anderem festgelegt wird, dass kein Werwolf Menschen jagen oder töten darf.

Aktennummer: 93726975
Ministerium für Interspezifische Affären, Sektion des Staates Louisiana
Name: Moreau
Vorname: Damien
Status: lebendig
Spezies: Vampir
Gefahrenpotenzial: gering
Geburtsdatum: 14.09.1728
Geburtsort: Thibodaux, Louisiana, USA
Nationalität: USA
Datum der Verwandlung: ca. 1764

Augenfarbe: braun
Haarfarbe: dunkelbraun
Größe: 1,72 m

Momentaner Wohnort: New Orleans, Louisiana, USA
Clan: Vampire von New Orleans
Rang: König
Sonstige Beschäftigungen: Inhaber mehrerer Nachtclubs, Vorstand der *Moreau Foundation*

Allzu viel ist dem Ministerium über Damien Moreaus Vergangenheit nicht bekannt. Wir wissen, dass er im 18. Jahrhundert in der Nähe von Thibodaux geboren wurde und ca. 36 Jahre später verwandelt wurde. Irgendwann in diesen 36 Jahren kam er nach New Orleans, eröffnete seine erste Bar und begann sein Imperium aufzubauen. Unter allen Fraktionen, die in der Stadt ansässig sind, wurde er durch seinen skrupellosen Umgang mit Feinden und Geschäftspartnern gleichermaßen als „Teufel von New Orleans" bekannt. Da sich seine Taten aber eher auf Vampire beschränken und er sonst bis jetzt nicht auffällig geworden ist, stuft die Sektion des Staates Louisiana sein Gefahrenpotenzial als gering ein.

Josephine Bonnet

Unterzeichnet: Josephine Bonnet, Vorsitzende der Jägergemeinschaft der Stadt New Orleans

AUSZUG EINES INTERVIEWS MIT DAMIEN MOREAU IN DER NEW ORLEANS TIMES-PICAYUNE; AUSGABE VOM 03.06.2015

INTERVIEWER: Monsieur Moreau, Ihre Foundation setzt sich seit den 1960er Jahren für Menschen aus anderen Ländern ein, die in die Vereinigten Staaten kommen und sich hier ein neues Leben aufbauen wollen, das aber unter Umständen nicht können. Was sagen Sie zu den Gerüchten, dass Ihre Mitarbeiter diese Menschen dazu zwingen, herzukommen, und sie dann jahrelang unter den widrigsten Bedingungen in Ihren Clubs arbeiten müssen?

MOREAU: *lacht*. Nein, wie Sie ja bereits gesagt haben, handelt es sich hierbei nur um Gerüchte. Alle Menschen, die mit unserer Hilfe in die Staaten kommen, tun dies aus freien Stücken oder weil ihnen ihr Ursprungsland keine Zukunft bieten kann. Dass einige von diesen Personen in meinen Clubs arbeiten, stimmt. Allerdings tun sie dies nur so lange, bis sie einen anderen Job finden, und sie werden genauso gut behandelt und bezahlt wie andere Angestellte, die nicht mit der Foundation hierherkommen.

INTERVIEWER: Also würden Sie sagen, dass diese Gerüchte Falschmeldungen sind, die von eventuellen Neidern kommen oder Personen, die Ihnen und Ihrer Foundation schaden wollen?

MOREAU: *nickt.* Wenn Sie es so ausdrücken wollen. Auch wenn ich nicht sagen kann, wer solche Gerüchte in die Welt setzen würde.

INTERWIEVER: Eine allerletzte Frage hätte ich noch, wenn Sie mir die verzeihen. In Anbetracht der momentan intensiv aufflammenden Proteste von Anti-Koexistenz-Anhängern und ihrem berüchtigten Image als Teufel der Stadt machen Sie sich gar keine Sorgen, dass dies Ihrem Geschäft schaden könnte?

MOREAU: *seufzt.* Wie Sie wissen, äußere ich mich eigentlich nicht zu politischen Geschehnissen, aber dieses eine Mal mache ich eine Ausnahme: nein. Im Gegenteil, meine Clubs platzen beinahe aus allen Nähten.

[Anmerkung J.B.: Der Typ schafft's immer wieder, sich herauszuwinden. Aber ohne handfeste Beweise können wir ihm rein gar nichts anhängen.]

Aktennummer: 34186174
Ministerium für Interspezifische Affären, Sektion des
Vereinigten Königreichs
Name: O'Rileigh
Vorname: Connor
Status: verstorben
Spezies: Werwolf
Gefahrenpotenzial: gering
Geburtsdatum: 07.11.1982
Sterbedatum: 23.02.2016
Geburtsort: Riverstown, County Sligo, Irland
Sterbeort: Fort William, Highland, Schottland
Nationalität: Irland
Datum der ersten Verwandlung: 11.08.2012

Augenfarbe: walnussbraun
Haarfarbe: schwarz
Größe: 1,80 m

Letzter bekannter Wohnort: Muirshearlich, Highland,
Schottland
Rudel: keine Zugehörigkeit zu einem Rudel bekannt
Rang: keiner
Sonstige Beschäftigungen: Schafzüchter

O'Rileigh zählt zu den unglücklichen Fällen in denen
Werwolf Rudel in ihren Ländern Touristen angegriffen
hatten. Wie aus seinem Reisetagebuch hervor geht
(der Akte beigelegt), wurde O'Rileigh in Mexiko
überrumpelt und hätte die Transformation in einen
Werwolf eigentlich nicht überleben sollen. Nachdem
er herausfand, zu was er geworden war, zog er sich
aus seinem Heimatland Irland zurück, ging nach
Schottland und registrierte sich mit der britischen
Sektion des Ministeriums. Er blieb unauffällig, hielt
sich weitestgehend aus dem Dorfleben in Muirshearlich
raus und sagte laut Berichten der Dorfbewohner nie,
dass er ein Werwolf war. In den Tagen um den 23.
Februar 2016 wurden in Muirshearlich mehrere
Menschen von einem Werwolf getötet. Die
Dorfgemeinschaft bildete daraufhin Suchtrupps, an
denen sich O'Rileigh auch beteiligte. Am 23. Februar
fand man seine Leiche gemeinsam mit der eines
unbekannten Jungwolfs und der in Muirshearlich
ebenfalls ansässigen Pub-Besitzerin Daena Sullivan
(Aktennummer: 34226324) in einem Lagerhaus am Rande
der A830 in Richtung Fort William.

Matthew Gillespie

Unterzeichnet: Matthew Gillespie, Vorsitzender der
Jägergemeinschaft des Vereinigten Königreichs

AUSZUG AUS DEM REISETAGEBUCH VON CONNOR O'RILEIGH

01.08.2012, Oaxaca de Júarez, Mexiko

Bin seit zwei Tagen in Oaxaca. Die Architektur der Stadt ist eindrucksvoll und vereint verschiedene Stile. Habe die Zeit genutzt, um mich mit der Stadt vertraut zu machen, und habe gehört, in Monte Alban sollen sich in Vollmondnächten die lokalen Werwölfe treffen und eine Art Mondfest oder so veranstalten. Werde mich bemühen, dort hinzukommen. Angeblich soll man sich das nicht entgehen lassen.

02.08.2012, Oaxaca de Júarez – Monte Alban, Mexiko

Bin in der Früh mit dem ersten Bus von Oaxaca nach Monte Alban gefahren. Habe mir die Ruinen angesehen und einen Platz gefunden, wo ich hoffentlich bis zur Schließung der Anlage nicht entdeckt werde. Wir werden sehen, ob ich einen der Werwölfe antreffe oder nicht.

[Anm. G.M.: Ab hier folgen unzusammenhängende Einträge und Kritzeleien, die keinen Sinn ergeben. Auszug wird fortgeführt ab dem nächsten Eintrag, datiert 05.08.2012]

05.08.2012, Oaxaca de Júarez, Mexiko

Keine Ahnung mehr, was in der Nacht vom 02. passiert ist. Kann mich auch nur noch dunkel an die letzten Tage erinnern. Ich weiß nur, dass ich mit unbändigen Schmerzen in einem Krankenhauszimmer in Oaxaca aufgewacht bin. Die Krankenschwester und ein Arzt sagen, ich sei von einem Werwolf angefallen worden und glücklicherweise nicht gestorben. Aber andererseits heißt das jetzt wohl, dass ich ein Werwolf bin?

[Anm. G.M.: Kontaktiert den zuständigen Jägerbund in Monte Alban, dass sie sich den Fall mal etwas genauer ansehen sollen.]

Aktennummer: 29781628
Ministerium für Interspezifische Affären, Sektion
der Volksrepublik China, autonome Region Tibet
Name: Xi
Vorname: Lei
Status: lebendig
Spezies: Mensch - Jäger
Geburtsdatum: 27.11.1983
Geburtsort: Lhasa, Tibet, Volksrepublik China
Nationalität: China

Augenfarbe: haselnussbraun
Haarfarbe: ebenholzschwarz
Größe: 1,59 m

Letzter bekannter Wohnort: Lhasa, Tibet,
Volksrepublik China
Stationiert in: Lhasa
Rang: Jägerin im Außeneinsatz, seit 2003

Xi Lei kann ihre Abstammung nicht auf eine der
reinsten Linien zurückführen, jedoch spricht
ihre Missionsstatistik für ihre Fähigkeiten.
Frau Xi legt in manchen Situationen Ungehorsam
an den Tag, der nicht angebracht ist. Sie wurde
dafür schon mehrmals zurecht gewiesen, zeigt
aber nur langsam Besserung.

Zhao Qi Feng

Unterzeichnet: Zhao Qi Feng, Vorsitzender der
Jägergemeinschaft der autonomen Region Tibet
der Volksrepublik China

MISSIONSBERICHT VOM 21.01.2016

Einsatz: Patrouille im südlichen Grenzgebiet in den Ausläufern des Transhimalaya Gebirges

Zuständige/r Jäger/in: Xi Lei

Nachdem wir Berichte über vampirische Aktivitäten in einem namenlosen Dorf in den Ausläufern des Transhimalaya Gebirges erhalten haben, begab ich mich auf Befehl von Jägerkoordinator Qi Feng an den Ort des vermeintlichen Geschehens. Als ich dort ankam, war ein Schneesturm über die Gegend hereingefallen, und die Sonne ging unter, was mir eine Weitersuche zum derzeitigen Zeitpunkt unmöglich machte. Ich fand Zugang zu einer der Hütten am Rande des Dorfes, in der ich mich für die Nacht einrichtete, nachdem ich sie verlassen vorfand.

Am nächsten Morgen hatte sich das Wetter beruhigt und ich konnte meine Durchsuchung des Dorfes beginnen. Die Hütten waren leer, allerdings stieß ich auf dem Weg zum Versammlungsplatz auf mehrere gefrorene Leichen. Ich folgte dem Weg weiterhin, bis ich auf dem Versammlungsplatz einen Stapel toter Dorfbewohner fand. Einigen von ihnen waren die Kehlen aufgerissen worden, andere wiesen keine Spuren von Fremdeinwirkung auf.

Als ich mir die Körper, die Spuren eines gewaltsamen Todes aufwiesen, genauer ansehen wollte, bemerkte ich einen roten Fleck im Schnee, der den Weg zum Tempel bedeckte. Daraus ergab sich eine Blutspur, der ich bis hinter das Haupthaus des örtlichen Tempels folgte.

Dort stieß ich auf einen Jungen, nicht älter als 10 oder 11, der vor kurzem in einen Vampir verwandelt worden war. Ich nahm an, dass er für einige der Leichen im Dorf verantwortlich war, und sah mich nach §411 gezwungen, ihn zu eliminieren.

Danach durchsuchte ich noch den Tempel auf mögliche Vampire, die sich versteckt hatten, fand jedoch keine Hinweise.

Ich erbitte hiermit die Erlaubnis, noch einmal mit der Person zu sprechen, die uns den ersten Bericht zugetragen hat, und einer möglichen Spur auf die Identität des ursprünglichen Vampirs zu folgen.

DANKSAGUNG

Geschichten entstehen nicht einfach nur so in einem Vakuum, Bücher sind nicht von einem Moment auf den anderen plötzlich da. Auch wenn das Schreiben selbst ein relativ einsamer Beruf ist (wobei, darüber würden meine Charaktere sicher wieder mit mir streiten), ist die Veröffentlichung eines Buches – selbst eines kleinen Werkes wie *Blood and Guilt* – eine Gruppenarbeit, die Zeit, Herzblut und viel Schweiß erfordert. Und wie es sich gehört, will auch ich hier am Ende des Buches »Danke« sagen.

Danke an Esa, Betty, Kate, Lorena, Karo, Zefi, Christina und Svenja, dass ihr absolut immer da seid, wenn ich euch brauche.

Danke an Lorena für die Freundschaft, dafür, dass du mich nicht zu weit vorauslaufen lässt, wenn die Träume mit mir durchgehen und für das Cover. Es ist mir eine unglaubliche Freude mit dir zusammen arbeiten zu können.

Danke an Ben und Nathan (auch wenn Nate diese Version hier nicht lesen wird) für euren Teamgeist und die Hilfe, das absolut Beste aus Damien, Connor und Leis Geschichten herauszuholen.

Danke an Katrin, June, Elenor, Nora und alle die anderen lieben Schwestern vom Nornennetz für die Tipps und das zur-Seite-Stehen.

Danke an Rachel für die absolut unglaublich genialen Charakterporträts. Besser hätte ich es nicht hinbekommen.

Danke an die Leute von der Schreibnacht für die Gesellschaft.

Danke an Kathi, Kay, Elke, Roman, Serina, Astrid und Cornelia fürs Aufmuntern und Motivieren, wenn's mal nicht so lief wie geplant.

Und zu guter Letzt, aber nicht am Wenigsten, *danke* an dich liebe Leserin, lieber Leser, dass du meinen Verrückten eine Chance gegeben und das Buch gekauft und gelesen hast.

© 2018 Lorena Viciconte, www.lion-tales.com

1996 in Wien geboren, zog es Sophie Grossalber nach der Matura ins magische Edinburgh, um ihrer Liebe für Literatur, Film und die englische Sprache während des Bachelor-Studiums zu frönen. Jetzt lebt sie wieder in der Kleinstadt ihrer Kindheit, südlich von Wien. Wenn sie nicht gerade in der Weltgeschichte herumreist, schreibt sie fantastische Geschichten auf Deutsch und Englisch, übersetzt Belletristik oder trifft sich mit anderen Geschichtenliebhabern für eine Runde Dungeons and Dragons.

Social Media
Facebook: facebook.com/sophiegrossalberauthor
Twitter: @sophiegwrites
Instagram: @sophiegwrites
Patreon: patreon.com/sophiegrossalber

Bisherige Veröffentlichungen:
Deutsch:
»Phönixflamme« in »The P-Files: Die Phönix Akten«
(Talawah Verlag, 2018)

»Anaia Montgomery und der Sirenen-Stalker« in
»The A-Files: Die Amazonen Akten«
(Talawah Verlag, 2019)

Blood and Guilt – Geschichten aus Dumornay
(BoD, 2019)

Englisch:
Blood and Guilt – Stories from Dumornay
(BoD, 2019)